Fantômette
chez le Roi

Georges Chaulet

Fantômette
chez le Roi

Illustrations
Patrice Killoffer

Françoise

Sérieuse et travailleuse, Françoise est une élève modèle qui se passionne pour les intrigues. Vive, pleine de bon sens et intrépide, n'aurait-elle pas toutes les qualités d'une parfaite justicière ?

Boulotte

Gourmande avant tout, elle se moque pas mal du danger… tant qu'il y a à manger !

Mlle Bigoudi

Si elle apprécie Françoise, l'institutrice s'arrache souvent les cheveux avec Ficelle et lui administre bon nombre de punitions.
Que penserait-elle si elle était au courant des aventures des trois amies !?

Ficelle

Excentrique, Ficelle collectionne toutes sortes de choses bizarres. Malgré ses gaffes et son étourderie légendaire, elle est persuadée qu'elle arrivera un jour à arrêter les méchants et à voler la vedette à Fantômette…

Œil de Lynx

Reporter, il suit de près les méfaits des bandits. Il est le seul à connaître la véritable identité de Fantômette et n'hésite pas, à l'occasion, à lui filer un petit coup de main !

© Hachette Livre, 1969, 1988, 1996, 2002, 2007.

Tous droits de traduction, de reproduction
et d'adaptation réservés pour tous pays.

Hachette Livre, 43, quai de Grenelle, 75015 Paris.

chapitre 1

Ficelle et le Grand Siècle

— Oh ! là ! là ! Quel œil énorme ! On dirait un œil de grenouille !... Et ce nez ! Oh ! un nez comme une courgette !

— Fais voir !

— Attends que je regarde ses oreilles... Je ne peux pas les voir en entier ! Elles sont aussi grandes que des assiettes à soupe !

Penchée sur sa table, camouflée derrière un rempart de livres et de cahiers habilement empilés, la grande Ficelle braque la lunette vers l'institutrice comme un guetteur surveillant les mouvements de l'ennemi. Non, Mlle Bigoudi n'a pas des oreilles d'éléphant et un nez à la Pinocchio. Mais vue à travers les lentilles grossissantes de la lunette, sa personne prend des proportions gigantesques.

— Oh ! elle a un grain de beauté sur le cou ! Je ne l'avais jamais remarqué !

— Fais voir, fais voir !

Ficelle tend la lunette à sa voisine, la dodue Boulotte, qui dirige à son tour l'instrument vers Mlle Bigoudi pour la détailler. Si Ficelle est une grande fille mince qui évoque une canne à pêche, Boulotte fait plutôt penser à une brioche bien gonflée. Ficelle est une grande étourdie, tantôt rêveuse, tantôt très attentive. Mais cette attention se porte généralement sur des sujets peu en rapport avec les cours. Par exemple, Ficelle se plonge fréquemment dans la lecture de *Disco Magazine,* dissimulé dans son cahier de français, ou elle examine les évolutions de Mammouth, une coccinelle apprivoisée qu'elle a enfermée dans une boîte d'allumettes. Quant à Boulotte, elle n'est guère plus attentive à ce qui se passe en classe, car ses pensées se ramènent perpétuellement à des sujets culinaires, c'est-à-dire se rapportant à la cuisine. Elle songe au bifteck pommes frites pendant le cours d'arithmétique, réfléchit à la préparation de la quiche lorraine au cours des séances d'histoire, ou dessine des gâteaux à la crème sur son cahier de sciences naturelles.

Et pourtant, la leçon de l'institutrice est passionnante ! Elle explique comment Louis XIV, après avoir décidé de s'installer à Versailles, attire à sa cour tous les Grands du royaume : des princes, des ducs, des comtes, des gouverneurs de province.

— Veuillez écrire sur vos cahiers, mesdemoiselles, que Louis XIV institua l'étiquette. Mais qu'est-ce que l'étiquette ?

Ficelle lève aussitôt le bras en criant :

— Je sais, m'zelle !

L'institutrice lui permet de répondre, et la grande fille se met debout en disant :

— Louis XIV avait décidé qu'on collerait des étiquettes sur les nobles, avec leur nom inscrit dessus.

— Je regrette, mademoiselle Ficelle, mais votre réponse est fausse. On appelait étiquette l'ensemble des règles qui concernaient les cérémonies de la Cour, l'ordonnance des repas, ou par exemple la qualité des personnes admises au lever du Roi.

Ficelle se rassoit, un peu déçue, en grognant à mi-voix :

— Peut-être que je me suis trompée, mais n'empêche qu'elle a un nez gros comme une

courgette ! D'ailleurs je suis sûre que Françoise est de mon avis.

Au premier rang de la classe, la brune Françoise écoute attentivement les paroles de l'institutrice. Elle est toujours la meilleure des élèves, bien qu'elle ne paraisse jamais faire le moindre effort pour étudier. Comment s'y prend-elle pour être bonne en tout ? C'est là un mystère que personne n'a encore pu éclaircir.

Ficelle réfléchit. Pour que Françoise puisse constater la ressemblance du nez de l'institutrice avec une courgette, il faut lui faire passer la lunette. Car sans cet instrument, le nez est tout à fait normal. Ficelle arrache une feuille à son cahier de français, prend un crayon marqueur vert et inscrit l'égalité suivante :

NEZ + LUNETTE = COURGETTE

Puis elle plie la feuille en huit pour pouvoir la transmettre discrètement à Françoise. Boulotte restitue alors l'instrument d'optique à la grande fille et lui demande :

— Qu'est-ce que tu as écrit ? Une recette de cuisine ?

— Non, un message ultra-secret et extrême-urgent pour Françoise. Il faut que je le lui fasse passer immédiatement.

Elle ajoute la phrase habituelle des héros de feuilletons télévisés pris dans des situations angoissantes :

— Il n'y a pas une minute à perdre !

Après avoir dissimulé la lunette dans son casier, à l'intérieur d'une boîte à dominos qui n'en compte plus que douze (ce qui complique singulièrement les parties), elle pince l'oreille de l'écolière qui se trouve devant elle, une certaine Annie Barbemolle.

— Aïe ! fait Annie.

L'institutrice interrompt sa description du gouvernement de Louis XIV.

— Mademoiselle Barbemolle, je vous dispense de pousser des cris. Vous me copierez cent fois la phrase : « Je ne dois pas troubler la classe. »

— Mais c'est pas moi ! proteste Annie, c'est Ficelle qui m'a pincée !

— Oh ! le toupet ! quelle menteuse ! s'écrie hypocritement la grande Ficelle.

L'institutrice doit faire taire Ficelle en lui infligeant la même punition. Bien entendu, la grande fille est furieuse. Elle grogne :

— Je croyais que les punitions étaient supprimées dans les écoles...

Mlle Bigoudi a l'oreille fine. Elle réplique :

— Eh bien, je les rétablis provisoirement pour vous !

Ce qui ennuie le plus Ficelle, ce n'est pas le fait d'avoir cent lignes à copier (elle en a l'habitude !) mais l'échec de sa tentative pour faire passer le message. À qui s'adresser maintenant ? À la voisine d'Annie ? Impossible ! C'est une abominable cafardeuse qui remettrait immédiatement le précieux papier à Mlle Bigoudi. Que faire alors ? La mort dans l'âme, Ficelle doit se résigner à attendre la récréation, et subir la description de la vie à Versailles.

— Tous les courtisans saluaient le Roi en se courbant très bas, et les dames faisaient la révérence. Louis XIV répondait par des saluts plus ou moins profonds, selon le rang des courtisans, ou suivant la considération qu'il voulait témoigner à tel ou tel gentilhomme. C'est ainsi que l'entourage du Roi surveillait attentivement ses mouvements de tête. Si, par exemple, le duc de Boissy n'avait droit qu'à un rapide coup d'œil, cela signifiait qu'il était en disgrâce, et on lui tournait le dos. Au contraire, on s'empressait auprès du comte de la Paquinière que le Roi avait gratifié de quelques paroles aimables.

« Moi, pensa Ficelle, j'aurais été drôlement contente si Louis XIV m'avait dit : "Ah ! quels jolis cheveux vous avez sur la tête !" »

Même si Ficelle avait vécu au XVIIe siècle, même si elle avait pu approcher le souverain, il est peu probable que celui-ci lui eût lancé un tel compliment, sinon par ironie, la chevelure de la grande Ficelle tenant le milieu entre la touffe d'herbes marines et le plat de spaghetti.

Pour tuer le temps, en attendant cette récréation qui n'en finit pas de venir, Ficelle sort de son casier un cahier de cent pages à couverture jaune, sur laquelle est inscrite, dans un cadre rouge, cette mention : *Dossier supersecret F*. Elle regarde autour d'elle pour s'assurer qu'aucun espion ne l'observe, et ouvre le cahier avec précaution.

Il contient des coupures de presse soigneusement collées, datées et numérotées. Ce sont des articles de journaux qui concernent la mystérieuse justicière nommée Fantômette. Ficelle relit quelques titres : *Fantômette fait arrêter le Furet sur la Dent du Diable... L'in-*

trépide Fantômette sauve un jeune prince...
Le mystère de la Lampe merveilleuse est éclairci par Fantômette...

Dans les marges, la grande Ficelle a ajouté quelques commentaires avec une pointe bleue : « Pourquoi Fantômette porte-t-elle un masque noir ? Avec ce système, on ne sait pas qui elle est ! » Ou encore : « Je me demande si Fantômette est une écolière le jour et une aventurière la nuit. Ce mystère est aussi épais que ma grammaire. »

Ficelle compte le nombre de pages occupées par les coupures de journaux : soixante-deux. Il reste donc une quarantaine de pages pour coller les articles qui relateront les prochaines aventures de la justicière. À cet instant, une sonnerie retentit. Mlle Bigoudi termine la leçon d'histoire, et les filles se précipitent dans la cour en poussant les cris, les piaillements et les hurlements indispensables à toute récréation. Ficelle court vers Françoise en agitant les bras comme si elle voulait s'envoler. Elle s'écrie :

— Tu ne sais pas pourquoi j'ai récolté cent lignes ?

— Si, répond calmement la brunette, parce que tu as pincé Annie.

— Non, ma vieille ! Parce que je voulais t'envoyer un message ultra-urgent et « extrême-secret » ! Sais-tu que j'ai à ma disposition et en ma possession un objet optique ?

— Ah ? Une paire de lunettes ?

— Non, pas une paire. Une unique lunette.

Et Ficelle explique comment le nez de l'institutrice, vu à travers la lunette en question, prend des proportions phénoménales. Françoise écarte d'un geste les découvertes visuelles de son amie.

— Le nez de Mlle Bigoudi m'importe peu. J'ai à vous parler d'une chose bien plus intéressante.

Boulotte s'est approchée. Tout en sortant d'un sac en plastique un sandwich à la crème de gruyère, elle demande :

— Qu'est-ce que c'est, la chose intéressante ?

— C'est d'aller faire un tour à Versailles. Qu'en dites-vous ?

Ficelle ouvre des yeux circulaires :

— À Versailles ? Pour quoi faire ?

— Pour visiter le château. Pour voir les antichambres où se tenaient les courtisans. Pour contempler le fauteuil de Louis XIV...

— Et son réfrigérateur ? suggère Boulotte.

— Si tu veux. Il me semble que cette visite illustrerait la leçon que Mlle Bigoudi vient de nous faire.

— Ça, c'est une bonne idée ! approuve Ficelle.

Mais son visage se rembrunit aussitôt.

— Ah ! j'oubliais... Non, pas moyen d'aller à Versailles.

— Pourquoi ? As-tu peur de prendre le train ?

— Non, non. Mais j'ai mes cent lignes... À quel moment pourrais-je les faire ? À moins que je ne m'installe sur le bureau de Louis XIV... Il devait bien en avoir un, je suppose... Celui qu'il a utilisé pour signer l'édit de Nantes...

Françoise sourit.

— D'abord, il n'a pas signé l'édit de Nantes, mais sa révocation. Ensuite, ça m'étonnerait qu'on te permette d'employer le mobilier royal pour faire tes punitions.

— Ah ? Tu crois ?... Oui, tu as peut-être raison... Alors, je ferai mes lignes dans le train... Ce sera des lignes de chemin de fer ! Hi, hi ! Que c'est rigolo ! Des lignes de chemin de fer !

Elle s'empresse de répéter dix fois cette fine et spirituelle plaisanterie, ce qui fait hausser les épaules à Boulotte et soupirer Françoise.

Quand la classe reprend avec un cours sur les fractions, Ficelle, qui se voit déjà en marquise du Grand Siècle, s'amuse à dessiner des seigneurs à perruque sur son cahier de géographie (car, bien entendu, elle ne sait plus où se trouve son cahier d'arithmétique), jusqu'au moment où Mlle Bigoudi, surprise par l'application inhabituelle de son élève, découvre qu'elle en est restée à la leçon de l'heure précédente.

— Mademoiselle Ficelle, je constate qu'une fois de plus vous mélangez les leçons qu'on vous donne. Hier, vous calculiez je ne sais quoi, pendant la géographie...

— Je comptais les lignes que vous m'aviez données à copier pendant la semaine...

— Rassurez-vous, il y en aura d'autres !... Et aujourd'hui, je vous surprends à faire du dessin. Il faut que cela cesse. M'entendez-vous ?

Ficelle baisse la tête d'un air contrit.

— Oui, m'zelle.

— Pourquoi dessiniez-vous ce bonhomme à perruque ?

— Heu !... parce que vous avez parlé de Louis XIV et des courtisans... Ils portaient tous des perruques...

— Bon, je ne vous punis pas. Mais tâchez de suivre un peu plus attentivement ce qui se fait en classe. Je vous rappelle qu'en ce moment nous faisons de l'arithmétique.

L'institutrice retourne au tableau vert, et Ficelle fait de louables efforts pour apprendre que l'addition des fractions se fait en les réduisant d'abord au même dénominateur. Mais tout en écrivant, elle se dit que si elle avait été une marquise, on ne l'aurait pas obligée à apprendre toutes ces histoires de numérateurs, de dénominateurs, de multiples ou de quotients !

chapitre 2
Le magasin d'antiquités

— Et dire qu'en ce moment, je pose la main à l'endroit même où Louis XIV a mis le pied ! C'est formidable, hein ? Je me déplace majestueusement sur son parquet ! Vous vous rendez compte ? C'est inouï ! Je me demande quelle tête aurait fait le Roi si on lui avait dit : « Dans trois cents ans, la fameuse Ficelle marchera à cet endroit. » Il aurait été drôlement étonné !

Ficelle, Boulotte et Françoise visitent le château de Versailles, mêlées à un groupe de touristes. La grande Ficelle est enthousiasmée par tout ce qu'elle voit. L'immense parquet de la galerie des Glaces lui paraît idéal pour faire une piste de patinage à roulettes. Elle trouve les meubles fort beaux et demande au guide s'ils sont à vendre, ce qui provoque quelques rires chez les touristes. Elle admire les tableaux de la galerie des Batailles en cherchant comment l'artiste a pu faire Charles Martel aussi ressemblant, puisque le tableau a été peint des siècles après la bataille de Poitiers.

Tandis que Ficelle braque sa lunette – dont elle ne se sépare plus – sur les tapis, les bustes ou les peintures du plafond en poussant des « oh ! » et des « ah ! » Boulotte interroge Françoise à voix basse.

— Dis donc, tu ne sais pas s'il y a un buffet ? Je ne vois que des chambres et des grandes salles... pas le moindre bout de cuisine... C'est à se demander s'ils mangeaient, les gens de la Cour... Je commence à avoir une horrible faim ! Si j'étais la propriétaire de ce château, j'enlèverais tous les bustes pour mettre à la place des distributeurs de friandises.

— Patiente cinq minutes, et nous irons faire un tour dans une pâtisserie.

— Ah ! voilà une bonne idée ! C'est par là que nous aurions dû commencer...

La visite se termine et les filles sortent du

château. La traversée du parc offre à Ficelle une nouvelle occasion de s'extasier.

— C'est merveilleux, toutes ces fleurs plantées par Mansart !

— Le Nôtre, rectifie Françoise.

— Si tu veux... Tu ne trouves pas ça ahurissant, de voir les tulipes contemplées par Louis XIV ?

— Ça m'étonnerait que ce soient les mêmes !

Devant les marronniers, nouvelles exclamations enthousiastes. Ficelle examine les cimes à travers sa lunette.

— Vous voyez le haut des arbres ? Je me souviens que dans une dictée de Mlle Bigoudi, on parlait des frondaisons. Eh bien c'est ça, des frondaisons !

Comme elle regarde en l'air, Ficelle ne voit pas de gros fils électriques qui courent sur la terre. Elle se prend le pied dans l'un d'eux et s'étale tout de son long. Elle se relève, furieuse, se frotte les genoux et maudit mille fois les individus négligents qui laissent traîner des fils pour faire tomber les paisibles promeneurs, et maudit par la même occasion les institutrices qui fourrent des frondaisons dans leurs dictées !

Après avoir traversé le parc, Françoise, Boulotte et Ficelle parcourent les rues larges et rectilignes de Versailles. C'est Boulotte qui, grâce à son flair de gourmande, est la première à détecter une pâtisserie.

Trois minutes plus tard, assises à une terrasse devant des laits-grenadine, elles se bourrent de sacristains, délicieux bâtonnets croustillants en pâte feuilletée. Ficelle fait remarquer à Boulotte :

— Tu vas devenir aussi grosse qu'une citrouille !

— Mais non, je ne suis pas grosse du tout. À peine légèrement surmusclée...

— Surmusclée ? Tu veux dire surcellulitée !

— Pas du tout ! Je suis...

— Chut ! coupe Françoise.

Elle se penche vers ses deux amies et leur dit à voix basse :

— Ne vous retournez pas tout de suite... Vous allez regarder discrètement vers le trottoir d'en face... Il y a quelqu'un que nous connaissons.

Ficelle et Boulotte prennent un air détaché, et tournent lentement la tête. Ficelle pousse

un cri de surprise et saisit vivement sa lunette pour mieux voir un passant.

— Le Furet ! C'est le Furet !

— Oui, dit Françoise.

— Il est donc en liberté ? Je croyais qu'on l'avait mis en prison, après notre aventure à la Dent du Diable ?

— Il s'est peut-être évadé une fois de plus...

L'individu qu'elles viennent d'apercevoir est maigre, plutôt petit ; visage et pommettes saillantes, nez pointu, yeux ronds et noirs. Dangereux bandit, il opère généralement avec deux complices, l'élégant prince d'Alpaga, et un gros lourdaud, nommé Bulldozer. À l'instant où il disparaît au tournant de la rue, Françoise prend une brusque décision.

— Suivons-le !

— Impossible ! dit Boulotte.

— Pourquoi ?

— Nous n'avons pas fini nos sacristains...

— Eh bien, emporte-les !

Françoise pose un billet sur la table pour payer les laits-grenadine, Boulotte récupère ses gâteaux et Ficelle se plie en deux, attitude qu'elle croit être celle des grands détectives lorsqu'ils suivent une piste.

Nos trois amies traversent la chaussée, tournent au coin de la rue et aperçoivent de nouveau le Furet. Il marche tranquillement, comme un promeneur quelconque, sans donner l'impression d'être un criminel traqué par la police. De temps en temps, il jette un coup d'œil sur les vitrines des boutiques. Le voilà qui s'arrête un instant devant une quincaillerie, puis repart en sifflotant. Il a l'air parfaitement à son aise. Ficelle fronce les sourcils et murmure, d'un ton sentencieux :

— Il a tout à fait l'allure d'un monsieur ordinaire. Ça doit cacher quelque chose... Je suis sûre qu'il prépare un mauvais coup...

— Tu crois ? demande Boulotte en absorbant le dernier sacristain.

— Terriblement sûre. Mon instinct ficellien me dit qu'il faut se méfier. C'est un bonhomme affreusement inoffensif !

Françoise intervient :

— Sais-tu ce que veut dire inoffensif ?

— Non, mais c'est certainement épouvantable.

Tout en jacassant, Ficelle rase les murs au risque d'accrocher sa robe, pour que le Furet ne puisse pas l'apercevoir. Précaution bien inutile d'ailleurs, car il marche tout droit sans se retourner. Au bout d'un moment, il s'arrête devant un magasin fermé par une grille articulée, au-dessus de laquelle est peinte une enseigne : ANTIQUITÉS. Il sort de sa poche une clef et l'introduit dans un cadenas qui ferme la grille. Ficelle souffle à ses amies :

— Attention ! cachons-nous vite derrière ce réverbère !

La grande fille peut aisément se dissimuler derrière la mince colonne d'acier, mais Boulotte déborde largement de chaque côté ! Négligeant ces précautions, Françoise poursuit son chemin, persuadée que le bandit ne fera pas attention à elle. Son raisonnement est juste : le Furet ouvre la grille, entre dans le magasin, referme la porte et disparaît dans l'intérieur sombre où se devinent des meubles, des tableaux, des bibelots...

Françoise dépasse la boutique et fait signe à ses amies de la rejoindre. Elles se regroupent et un conseil de guerre se tient aussitôt. Ficelle propose de prévenir la police, la gendarmerie et la garde républicaine, puis de donner l'assaut au magasin. Françoise est d'un avis différent :

— Non, du moment qu'il se promène en liberté, c'est qu'on n'a rien à lui reprocher.

Nous risquerions d'être ridicules en essayant de le faire arrêter.

Ficelle secoue la tête.

— Moi, je suis sûre qu'il s'est évadé. D'ailleurs, chaque fois que Fantômette le fait mettre en prison, il s'évade !

Françoise soupire :

— Tu as raison. Il faut recommencer tout le temps sa capture.

— Alors, que faisons-nous ?

— Si nous allions déjeuner ? propose Boulotte, il est bientôt midi.

Ficelle se met en colère.

— Ah ! toi, tu ne penses qu'à te remplir la coquille ! L'arrestation du terrible Furet passera avant le déjeuner !

— Calme-toi, dit Françoise. Pour l'instant, rien ne presse. Nous savons qu'il est ici, donc nous pouvons le surveiller en prenant notre temps. S'il est devenu un honnête antiquaire, nous n'avons pas à nous occuper de lui.

— Et s'il prépare encore un mauvais coup ? dit Ficelle en plissant son front d'un air féroce.

— Alors, nous verrons...

— Nous verrons ? Moi, je pense qu'il vau-

drait mieux prévenir Fantômette tout de suite. Elle s'occuperait de lui.

Françoise hausse les épaules.

— Tu connais son adresse ?

— Heu !... non.

— Alors ?

— Ah ! tu m'ennuies, Françoise ! Après tout, Fantômette est assez intelligente pour retrouver le Furet elle-même ! Elle sait peut-être déjà qu'il est ici... Tu ne crois pas ?

Pour toute réponse, la brune Françoise se contente de sourire. Ficelle décide alors :

— Eh bien, moi, je vais organiser une surveillance très opiniâtre de ce magasin !

— Très opiniâtre ?

— Parfaitement ! À partir de demain, je vais m'installer ici... Sur ce banc par exemple, et tous les jours je surveillerai les mouvements suspects du Furet. Mais d'abord, je vais me déguiser. Il ne faut pas qu'il puisse me reconnaître quand il sortira.

— En quoi vas-tu te déguiser ? demande Boulotte.

— Je ne sais pas encore. Mais grâce à mon intelligence aiguë, je trouverai bien quelque chose. Rentrons à la maison tout de suite, nous reviendrons demain.

Françoise objecte :

— Si le Furet sort ce soir, par exemple, tu ne le verras pas.

— Ah ! c'est vrai... Eh bien, c'est toi qui reviendras monter la garde cette nuit. Moi, je prendrai mon tour demain matin, et Boulotte l'après-midi. Comme cela, nous nous partagerons le travail et le Furet sera surveillé tout le temps... Mais j'y pense, toi, Françoise, que vas-tu prendre comme déguisement ?

La brunette réfléchit deux secondes, puis répond, avec un petit rire :

— Moi ? En Fantômette.

chapitre 3

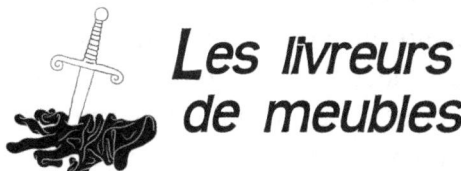

Les livreurs de meubles

Le soir vient de s'étendre sur Versailles, accompagné d'un brouillard automnal que les réverbères ont du mal à percer.

Dans une arrière-boutique encombrée de meubles poussiéreux, éclairée par une lampe à abat-jour vert, deux hommes sont assis à une table, devant une bouteille de whisky. Un cendrier publicitaire est rempli par les bouts de cigares qui ont saturé la pièce d'une lourde fumée. Le premier de ces hommes a rabattu le bord de son chapeau sur ses yeux perçants. C'est le Furet. Le second, élégamment vêtu d'un complet de flanelle blanche, porte une chemise rose et une cravate épinard sur laquelle est épinglé un diamant tellement énorme qu'il est sûrement faux. Il se fait appeler prince d'Alpaga, bien qu'il n'ait droit à aucun titre de noblesse. Près d'eux, à genoux sur le parquet, se tient un gros lourdaud au menton noir de barbe, dont le tricot est décoré de taches aussi nombreuses que variées, où un œil exercé pourrait distinguer du cambouis, de la graisse et du vin rouge. Il tient en main un outil électrique avec lequel il se livre à un mystérieux travail sur une commode de chêne sculpté.

Le Furet feuillette les pages d'un livre en lisant de temps en temps un passage à mi-voix.

« Les grands seigneurs avaient des perruques bouclées, des pourpoints brodés d'or, des culottes de soie appelées rhingraves. Ils se couvraient de rubans et de dentelles, portaient jabots et manchettes, se paraient de bagues et de perles. Leurs chaussures mêmes s'ornaient de nœuds de soie... »

Il tire une bouffée de son cigare, tapote le livre du bout des doigts en murmurant :

— Très bien, ce bouquin. Il y a là-dedans tout ce qu'il nous faut. Même des illustrations en couleurs. Nous allons pouvoir faire du bon travail. Il faut que vous le lisiez pour bien comprendre cette époque... Tu m'entends, Bulldozer ?

Le gros bandit arrête sa machine électrique et demande avec inquiétude :

— Hé, chef ! Moi aussi il faut que je le lise ?

— Bien sûr. Pourquoi, ça te gêne ?

— C'est que... heu !... les bouquins, vous savez, moi... Ce n'est pas mon fort... Si on me demande de planter des clous, d'accord... Mais la lecture... Oh ! là ! là !

— Bon, je te dispense de lire le livre.

— Merci, chef !

Le Furet referme le volume, écrase son cigare dans le cendrier, puis se tourne vers le prince d'Alpaga.

— En ce qui concerne la machine, tu vas...

Il s'interrompt. Un craquement très léger vient de parvenir à son oreille. Il fronce les sourcils.

— Je viens d'entendre un bruit, du côté de la remise.

Alpaga secoue la tête.

— Je n'ai rien entendu.

— Moi non plus, fait Bulldozer.

— Bull, va voir tout de même, ordonne le Furet.

Le gros bonhomme pousse un soupir, pose l'outil électrique, sort de l'arrière-boutique pour aller inspecter la remise. C'est une pièce aussi encombrée que le reste du magasin, qui communique par une porte avec une cour voisine. Après un instant, Bulldozer revient, souffle dans un mouchoir de couleur indéfinissable et grogne :

— Il n'y a personne dans la remise, chef. Ce doit être un rat qui grignote les vieux meubles.

Le Furet allume un nouveau cigare.

— Bon, tu peux continuer ton travail. Je disais donc, au sujet de la machine, qu'il faut contacter Dédé-le-Bricoleur au plus vite. Tu entends, Alpaga ? Tu passeras chez lui dès ce soir.

— D'accord, chef !

Bulldozer s'est trompé en parlant d'un rat. Une personne vient de pénétrer dans la remise. Après avoir escaladé le mur de la cour, cette personne a poussé un battant de fenêtre mal fermé, s'est glissée dans la remise, et s'est cachée à l'intérieur d'une armoire Louis XIII dont elle a refermé la porte. C'est un léger craquement de cette porte qui a alerté le Furet. Mais le gros lourdaud de Bulldozer n'a rien vu de suspect.

Après quelques minutes, la porte de l'armoire s'entrouvre, et un rayon de lune qui filtre à travers la fenêtre vient se poser sur un visage masqué. Une fine silhouette sort du meuble, marchant sur la pointe des pieds. Le rayon de lune fait briller un instant une broche d'or en forme de F, qui maintient une cape de soie rouge et noire sur un pourpoint jaune. L'étrange personnage porte des ballerines à brides rouges et un bonnet à pompon noir. Un poignard très fin est glissé dans sa ceinture.

C'est Fantômette.

Elle traverse la remise avec la grâce légère d'un léopard, s'approche de la porte qui donne sur l'arrière-boutique. Entre le panneau et l'encadrement, une fente laisse passer de la lumière et permet d'entendre la conversation des bandits. Bulldozer a débranché son outil. Il s'essuie le front d'un revers de manche et grogne :

— Voilà, chef. Je crois que ça y est !

Le Furet écrase son cigare dans le cendrier, se lève pour examiner la commode. Il émet un petit ricanement.

— Oui, mon gros, très bien. Tu es un as.

Il ne nous reste plus qu'à livrer la camelote. Quelle heure est-il ?

Alpaga jette un coup d'œil sur une montre énorme, en plaqué or :

— Six heures, chef. Ou si vous préférez, dix-huit heures.

— Bon. Il nous faut deux heures pour faire le trajet, ce qui nous met là-bas à huit heures du soir. Eh bien, allons-y !

Il vide son whisky d'un trait, fait signe à ses complices de soulever la commode. Fantômette recule prestement et revient se cacher dans l'armoire. À peine a-t-elle tiré la porte sur elle, que la remise s'éclaire. Les trois hommes la traversent, Bulldozer et Alpaga portent la commode. Le Furet leur ouvre le passage vers la cour, puis éteint la lumière, referme et tourne une clef. Fantômette attend trois secondes, sort de sa cachette et s'approche de la fenêtre. Les bandits sont en train de charger la commode dans une fourgonnette.

« Très bien. J'ai le temps de voir ce bouquin. »

Elle passe dans l'arrière-boutique, allume une minuscule lampe de poche pour examiner la couverture du livre : *La Cour au temps de Louis XIV*. Le titre la rend perplexe. Pourquoi le Furet s'intéresse-t-il à Louis XIV ?

Son regard se pose alors sur l'outil que maniait Bulldozer. Il est muni d'une très fine mèche en acier.

« Une perceuse. Le gros s'en est servi pour faire des trous dans la commode... Dans quel but ? Mystère... Enfin, on verra ça plus tard... »

Elle revient en courant dans la remise, constate, en regardant par la fenêtre, que les bandits ont terminé le chargement du meuble et sont en train de s'installer dans la cabine de la camionnette.

En moins de cinq secondes, Fantômette passe par la fenêtre, bondit vers le véhicule, ouvre la porte arrière et se glisse à l'intérieur au moment même où le prince d'Alpaga, qui s'est mis au volant, fait rugir le moteur.

La fourgonnette démarre, sort de la cour, s'engage à travers le vieux quartier de Versailles. Fantômette est dans le noir. Mais chaque fois que l'on passe près d'un lampadaire, un peu de lumière entre dans la cabine et quelques reflets parviennent jusqu'à l'arrière ; ce qui permet à la voyageuse de découvrir petit à petit la nature du chargement. Il y a là, outre la commode, un coffre d'ébène, une crédence, quelques fauteuils protégés par des toiles et des caisses débordantes de paille, marquées « Fragile ». Fantômette s'est assise entre deux caisses qui la dissimulent parfaitement. Il est d'ailleurs peu probable qu'on la découvre en cours de route, les trois hommes ne songeant pas à regarder derrière eux. Le danger sera plutôt à l'arrivée...

Elle essaie de deviner quelle direction a prise la fourgonnette, mais n'y parvient pas. Une seule chose est certaine, c'est qu'elle ne traverse pas Paris, sinon des arrêts aux feux rouges seraient fréquents. Il semble, au contraire, que l'on roule assez vite.

« Le Furet a parlé d'un trajet de deux heures, pense Fantômette. Donc j'en conclus que nous devons nous arrêter à cent quarante ou cent cinquante kilomètres de Versailles... C'est tout ce que je peux dire, pour le moment... Eh bien, attendons !... »

Elle se pelotonne sur elle-même, s'enveloppe dans sa cape et ferme les yeux.

Vers vingt heures, la fourgonnette franchit la grille d'un parc, fait crisser le gravier d'une allée et s'immobilise. Fantômette n'a pas attendu l'arrêt complet pour ouvrir la porte et sauter à terre. À l'instant où les roues cessent de tourner, elle se glisse à plat ventre sous le véhicule et retient sa respiration. En un éclair, elle a entrevu une cour de château au perron illuminé.

Les trois hommes sortent de la cabine. L'instant d'après, Fantômette entend des pas qui descendent le perron, se rapprochent. Puis une voix d'homme s'élève :

— Messieurs, je vous souhaite le bonsoir. M'apportez-vous toutes les belles choses promises ?

— Oui, cher monsieur, répond le Furet.

Notre aventurière rampe sous le châssis au risque de se frotter le dos contre l'essieu arrière. Elle aperçoit les jambes des bandits et celles de l'homme qui doit être le propriétaire. À deux mètres derrière lui, une paire de mollets enveloppés par des bas blancs apparaissent entre des souliers vernis à boucle et une culotte de satin rouge. C'est un valet porteur d'un flambeau. Le châtelain parle de nouveau :

— Voulez-vous transporter tout ceci jusqu'au salon bleu ?

— Certainement, cher monsieur, certainement ! fait le Furet.

Fantômette entend le bruit de la porte arrière que l'on ouvre ; puis les bandits commencent à décharger les meubles. Bulldozer et Alpaga portent la commode ; le Furet s'empare d'un fauteuil, et tous trois, conduits par le propriétaire, et éclairés par le valet, se dirigent vers l'entrée du château. C'est une vaste bâtisse flanquée de deux ailes, couverte d'ardoise, surmontée de paratonnerres, qu'éclaire un mince croissant de lune. À travers les grandes fenêtres du rez-de-chaussée on aperçoit de vastes salons meublés dans le goût du XVIIe siècle.

Dès que les porteurs ont monté les degrés du perron, Fantômette sort à quatre pattes de sa cachette, traverse la cour comme une flèche et plonge dans une haie de troènes qui bordent le bas du château, de part et d'autre du perron. Puis elle attend. Les bandits ressortent pour aller chercher le restant des meubles, et font un troisième voyage afin d'apporter les caisses. Fantômette se relève alors lentement, s'accroche aux pierres en saillie sur la façade, et se hisse à la hauteur de l'appui d'une fenêtre. En restant agrippée comme un lézard, elle peut alors glisser son regard vers l'intérieur...

Au milieu d'un vaste salon carré tendu de bleu, Bulldozer et Alpaga sont en train de déballer les caisses. Ils en sortent un service de porcelaine et des vases de cristal. Le châtelain est occupé à examiner de près une commode. C'est un homme d'un certain âge, assez corpulent, dont les cheveux blonds se raréfient. Gros yeux derrière de grosses lunettes posées sur un gros nez. Il a revêtu une robe de chambre jaune bouton d'or sur laquelle est brodé un immense dragon chinois de couleur rouge. Il caresse la commode, ouvre et referme les tiroirs avec un sourire de contentement. Le Furet lui montre du doigt un détail qu'il examine avec de grands hochements de tête. Il s'assoit ensuite dans l'un des fauteuils qui viennent d'être apportés, avec un plaisir évident. Bien qu'on ne puisse pas entendre ses paroles, il est manifestement très satisfait de la livraison. Il prend place alors devant une grande table en marqueterie, à pieds ouvragés, signe un chèque et le remet au Furet. Puis il se lève et accompagne les livreurs qui ressortent du salon. Aussitôt, Fantômette disparaît dans la haie comme un diable dans sa boîte. Bulldozer et Alpaga sortent du château ; le Furet s'attarde un moment sur le perron pour bavarder avec le châtelain. Fantômette n'est qu'à trois mètres d'eux et les entend parfaitement. Le bandit semble lancé dans des explications scientifiques qui n'ont apparemment aucun rapport avec les meubles :

— Il s'agit d'une des nombreuses applications de l'énergie nucléaire et des ordinateurs. La machine fonctionne parfaitement. Vous verrez, cher monsieur.

— Cela me semble peu croyable.

— Mais si, je vous assure. Vous pourrez réaliser votre rêve.

Le châtelain pousse un soupir.

— Ah ! un beau rêve, oui !... Baron !

— Marquis, peut-être...

— Vous croyez ?

— Et pourquoi pas ?

— Ce serait merveilleux... Mais je suis encore un peu sceptique...

— Vous verrez, vous verrez, cher monsieur ! Je vous ferai une démonstration demain matin... À onze heures, si cela vous convient ?

— C'est entendu. Bonsoir !

— Bonsoir, monsieur Detaille, à demain !

Le Furet s'incline très bas et retourne vers

la fourgonnette, dans laquelle Bulldozer et le prince d'Alpaga ont déjà pris place, tandis que le propriétaire rentre dans le château. Fantômette bondit hors de la haie et regagne le véhicule presque en même temps que le Furet.

La fourgonnette franchit la grille d'un parc qui entoure le château et s'enfonce dans la nuit.

chapitre 4
Une habile surveillance

« Detaille... Detaille... Cela me dit quelque chose... Et je suis certaine d'avoir vu sa tête récemment... À la télé ?... Dans un journal ? »

En pyjama blanc à pois rouges, Fantômette allume le gaz sous une casserole d'eau. Elle prend chaque matin un café au lait préparé au moyen d'un mélange de sa composition : un tiers de café en poudre, un tiers de lait écrémé en poudre, un tiers de sucre en poudre également. Le tout est contenu dans une boîte en fer. Fantômette ouvre la boîte, s'aperçoit qu'elle est presque vide.

En saisissant un paquet de sucre semoule pour préparer un nouveau mélange, la marque de fabrique lui saute aux yeux : *Sucre SUGAR, Établissements Pierre DETAILLE, Pralines (Nord)*.

« Mais oui, c'est ça ! Le châtelain est un fabricant de sucre ! Je me rappelle maintenant qu'il a acheté ce château il y a deux ou trois mois... »

Abandonnant ses savants mélanges, Fantômette sort de la cuisine, court jusqu'à sa chambre et compulse une pile de magazines. Elle ouvre un numéro de *L'Exploit* à la page « Mondanités », y trouve ce qu'elle cherche. Une photo de l'industriel souriant, les mains dans les poches et le torse bombé, devant le château. En sous-titre : « Pierre Detaille, le roi du sucre, vient d'acquérir le château de Parcy-Parla. »

Fantômette pose la revue et s'approche du mur sur lequel elle a punaisé un grand plan des environs de Paris. À cent quarante kilomètres au sud-ouest de la capitale, Parcy-Parla est un bourg perdu au milieu des bois. Une grande route doublée d'un chemin de fer le relie à Versailles.

« C'est donc là que je suis allée hier soir... Sans ce paquet de sucre, je n'aurais peut-être pas trouvé. »

Et pourtant ce n'était pas faute d'avoir cherché. Pendant le trajet du retour, elle avait pris le risque de se mettre debout à plusieurs reprises, pour essayer de voir à travers la cabine quel chemin suivait la fourgonnette, mais sans résultat. De retour à Versailles, les bandits avaient garé leur véhicule dans la cour du magasin d'antiquités, puis s'étaient rendus dans un hôtel proche, et Fantômette n'avait rien pu apprendre de plus. Mais maintenant, elle savait. Évidemment, cela n'expliquait pas pourquoi M. Detaille parlait de barons et de marquis, ni quelle était cette machine à énergie nucléaire...

« Je me demande ce que le Furet est encore en train de mijoter... Et puis il me semble... Mille pompons ! Mon eau ! »

Elle se précipite dans la cuisine et arrête le gaz sous la casserole aux trois quarts vide qui bouillonne allégrement. Elle remet de l'eau à chauffer et prépare son mélange de poudres. Deux minutes plus tard, elle trempe une tartine dans son café au lait, tout en cherchant pour quelle raison le Furet s'intéresse à la cour de Louis XIV.

À la troisième tartine, elle doit s'avouer qu'elle n'en a pas la moindre idée.

« Eh bien, je n'ai plus qu'à aller surveiller le magasin d'antiquités. Un travail de routine pour détective d'occasion... Peuh ! je vais m'ennuyer affreusement... »

Elle ne se doute pas que ce sera tout le contraire.

Dans une rue du vieux Versailles, une maman promène son bébé dans une poussette. La chose en soi n'a rien de bien extraordinaire. Il y a dans Versailles, comme dans toutes les autres villes, des mamans qui promènent des bébés. Mais si on s'approche de cette maman-là, on s'aperçoit que son allure est bien étrange. Elle a un chapeau à plumes enfoncé jusqu'aux oreilles, des bas qui tire-bouchonnent, des chaussures énormes, dont les talons hauts la font trébucher tous les trois pas. Quant au bébé, qui tète goulûment un biberon de lait à la framboise, il surprend par ses dimensions inhabituelles. Il déborde de part et d'autre de la poussette dont les ressorts fléchissent sous son poids.

C'est cet étrange accoutrement que Ficelle et Boulotte ont adopté pour surveiller la boutique d'antiquités. La grande Ficelle a déniché le chapeau et les chaussures au fond d'un placard. La layette de Boulotte a causé plus de difficultés ; comment habiller un aussi gros bébé ? Boulotte a résolu le problème en s'enveloppant dans une grande serviette qui imite des langes, et en s'entourant la tête d'une écharpe en tricot blanc.

Leur apparition dans le train de Versailles a provoqué un vif mouvement de curiosité, accompagné de quelques rires. Un peu gênée, Boulotte a dit à l'oreille de Ficelle :

— J'ai l'impression qu'on nous regarde...

Alors, Ficelle a dessiné sur ses lèvres un sourire plein de ruse et a répondu à voix basse :

— C'est parce qu'on ne se rend pas compte que nous sommes en tenue de camouflage.

Elles se rapprochent maintenant de la boutique, et Ficelle ralentit l'allure. Boulotte retire le biberon de sa bouche, demande avec une certaine inquiétude :

— Tu ne crois pas que le Furet risque de nous reconnaître ?

— Pas de danger ! répond Ficelle avec assurance, nous sommes méconnaissables ! D'ailleurs, il a dû nous oublier, depuis notre aventure à la Dent du Diable.

Ficelle se penche en avant tout en redressant la tête, la main en visière au-dessus de ses yeux à demi fermés ; ce qui est, comme chacun sait, l'attitude de l'Indien Cheyenne découvrant des Blancs sur son terrain de chasse. Ayant longuement scruté les parages de la boutique d'antiquités, Ficelle donne au bébé géant le résultat de ses observations :

— Je ne vois pas Françoise...

— Évidemment ! Si elle a monté la garde cette nuit, elle a dû rentrer chez elle maintenant.

— Heureusement que nous sommes là ! S'il fallait compter sur Françoise pour surveiller le Furet et le capturer, nous pourrions bien attendre jusqu'à la saint-glin-glin !

Elles passent à petite vitesse devant le magasin dont la grille est tirée mais qui est désert, et parviennent devant le portail de fer qui clôt la cour voisine. À cet instant, un camion s'approche, ralentit et stoppe devant le portail. Le chauffeur descend, monte sur le trottoir et entre dans le magasin d'antiquités.

Ficelle s'est arrêtée. Elle murmure à l'oreille de Boulotte, en faisant semblant d'arranger l'écharpe-bonnet :

— Tu as vu ? Un mystérieux camionneur

vient d'arriver dans un mystérieux camion ! Il y a un mystère là-dessous !

Après quelques instants, le chauffeur revient, se met de nouveau au volant et manœuvre pour faire entrer son camion dans la cour, dont le portail vient de s'ouvrir. Ficelle se penche vers le faux bébé.

— Oh ! c'est le prince d'Alpaga qui a ouvert !... Et j'aperçois le Furet au fond de la cour...

— Je suis inquiète, Ficelle.

— N'aie pas peur, je suis là. Pourquoi es-tu inquiète ?

Boulotte montre son biberon.

— Parce que je n'ai plus de lait et que je ne vois aucune crémerie dans le coin...

Ficelle tape violemment du pied, ce qui lui tord la cheville et lui arrache un cri. Boulotte demande tranquillement :

— Que t'arrive-t-il ?

— Il m'arrive que tu t'occupes encore de ton estomac-passoire, alors que nous avons un gros mystère à résoudre ! Comment veux-tu devenir une super-détective modèle, comme moi ? Ah ! là ! là ! Que ferais-tu si tu étais toute seule ?

La grande fille abandonne la poussette et

s'approche du portail que le prince d'Alpaga a repoussé, mais sans le verrouiller. Par l'entrebâillement, Ficelle voit le chauffeur et le gros Bulldozer qui sortent du camion un appareil peint en gris clair, muni de cadrans et de boutons. Il a à peu près le volume d'une machine à laver. La super-détective modèle fronce les sourcils.

— Je veux bien être changée en pelle à tarte si je sais ce que c'est ! Un ordinateur ? Un lave-vaisselle ?

Le chauffeur remonte dans son camion et met le moteur en marche. Ficelle revient vers Boulotte.

— C'est un zinzin qu'on vient de livrer au Furet.

— Un zinzin ?

— Oui. Un truc, un machin, un fourbi.

— Ah ! tu veux dire un bidule ?

— Exactement. Quel dommage que Fantômette ne soit pas ici, avec nous. Je suis sûre qu'elle saurait...

Boulotte pointe alors son biberon vers l'autre côté de la rue.

— Tiens ! voilà Françoise.

C'est bien la brunette. Elle porte une petite jupe écossaise noire et jaune avec un béret assorti. Elle traverse la chaussée, rejoint ses amies, regarde avec une surprise visible leur étrange accoutrement, puis éclate de rire.

— Ha, ha ! Vous êtes mignonnes, toutes les deux ! Ho, ho ! Madame et Bébé ! Hi, hi ! Je vous trouve adorables !

Ficelle tape une nouvelle fois du pied, et se le tord.

— Tu te moques de nous, hein ? Quoi, il n'est pas beau, notre déguisement ? Et hautement ingénieux ?

— Si, si ! Il est mirifique ! Il est délicieux ! Vous devriez vous faire engager par l'Opéra... Ha, ha ! Vous auriez un succès fou !

Ficelle se croise les bras, indignée.

— Oui, oui, c'est ça ! Ris donc tant que tu voudras ! En attendant, QUI surveille le Furet 24 heures sur 25 ? QUI a observé d'un œil aigu l'arrivée d'un camion suspect ? QUI s'est aperçu aussitôt qu'il transportait un objet suspect et non identifié ?

— Non identifié ?

— Parfaitement. Un objet gris, gros comme... heu !...

— Un fourneau de cuisine, souffle Boulotte.

— Oui, comme un fourneau, avec des

cadrans. Ce n'était sûrement pas une antiquité !

Françoise est brusquement redevenue sérieuse. Elle demande :

— Attends ! Répète un peu...

Ficelle, ravie de voir qu'on écoute attentivement ses paroles, raconte ce qu'elle vient d'apercevoir dans la cour. Françoise regarde alors en direction du portail, mais il s'est refermé.

— Bon, très bien, ma grande Ficelle. Mes compliments pour ta surveillance. Mais ne restons pas ici, continuons à marcher.

Boulotte intervient :

— Si nous retournions à la pâtisserie ? Après les sacristains, je voudrais manger des religieuses...

Françoise approuve d'un signe de tête, puis se plonge dans une méditation coupée de paroles prononcées à mi-voix.

— La machine... Oui, ce doit être la machine nucléaire... Pourtant le Furet ne s'occupe jamais de sciences... Il n'est bon qu'à organiser des cambriolages ou des attaques de banques... Qu'a-t-il encore inventé ?

— Tu dis ? demande Ficelle.

— Rien, rien... Je réfléchis.

52

Ficelle prend un air important. Elle relève son chapeau à plumes, appuie son index sur la poitrine de Françoise et déclare :
— Moi, je sais ce que tu cherches !
— Vraiment ?
— Oui. Tu te demandes à quoi sert le zinzin.
— J'avoue qu'en effet cet objet m'intrigue...
— Eh bien, il n'y a qu'un seul moyen de savoir ce que c'est.
— Et quel est ce moyen ?
— Aller voir le machin de près. Au besoin, demander au Furet à quoi il sert.
— Bravo, ma chère Ficelle, tu es courageuse !
— Une super-détective modèle ne doit avoir peur de rien !
Sur ces fortes paroles, Ficelle fait demi-tour, dérape dans ses chaussures trop grandes, et s'étale sur le trottoir !

chapitre 5
Ficelle cherche un vase

Ficelle se relève et grogne :
— Je crois que ces chaussures font cinq ou six pointures de trop !

Puis elle se dirige résolument vers la boutique d'antiquités. Très alarmée, Boulotte sort de la poussette et se met à lancer des cris aigus :

— Hé, là ! Et mes gâteaux ? On ne va pas à la pâtisserie ? Je veux mes religieuses, moi !

— Le devoir avant tout ! déclare Ficelle, tu mangeras quand le mystère de la machine sera devenu aussi transparent qu'une roue de vélo. En attendant, tu vas écouter le plan stupéfiant que je viens d'inventer.

Ficelle prend ses deux amies par le cou et leur chuchote à l'oreille :

— Voilà... On va entrer dans le magasin et demander à voir des antiquités. Par exemple, un vase de Soissons.

— C'est antique, un vase de Soissons ? s'enquiert Boulotte.

— Oui, puisque ça existait déjà au temps de Clovis. Alors, pendant que toi et Françoise, vous occuperez le Furet avec le vase, moi j'irai fouiner dans l'arrière-boutique jusqu'à ce que je trouve leur machine. Avec mon intelligence extraordinaire, j'arriverai sûrement à deviner ce que c'est !

Françoise hoche la tête.

— Le Furet va nous reconnaître tout de suite.

— Impossible ! Nous sommes déguisées.

— Pas moi.

— Eh bien, rabats ton béret sur ton nez et essaie de loucher un peu pour modifier ton regard.

Le plan d'attaque étant ainsi mis au point, Ficelle prend Boulotte par la main et repart bravement vers le magasin. La porte, en s'ouvrant, fait entendre le tintement d'une clochette. Les trois filles pénètrent dans la boutique qui est vide.

C'est alors que Ficelle prend brusquement

conscience du danger qu'elle est en train de courir. Elle va se trouver en face d'un dangereux bandit pour qui une vie humaine n'a pas plus d'importance qu'une vieille chemise... S'il la reconnaissait ? S'il la tuait ? S'il lui donnait une gifle ?

La grande fille s'affole, fait demi-tour et balbutie :

— Peut-être qu'on ferait mieux de s'en aller ?... Oui, partons tout de suite...

— Je croyais que tu n'avais peur de rien ? ironise Françoise.

— Je n'ai peur de rien, mais je ne suis pas rassurée du tout !... Sauvons-nous vite !

Trop tard !

Le Furet apparaît et demande :

— Que puis-je faire pour vous, mesdemoiselles ?

— Je... heu !... nous... heu !... Nous reviendrons... une autre fois...

Le bandit s'avance et, d'un rapide mouvement tournant, vient se placer entre les visiteuses et la porte, sans cesser de sourire d'un air aimable. Mais c'est le sourire d'un loup qui découvre un agneau égaré dans son antre. Il reprend :

— Vous désirez ?

Ficelle se dit que le Furet ne les a peut-être pas reconnues. Elle gratte son gosier pour essayer de reprendre quelque assurance, et tente de répondre :

— Heu !... je... hum ! voilà... Nous voudrions... Enfin, nous aimerions voir... un... un vase. Hein, Boulotte ?

— Heu ! ... oui... oui, monsieur.

— Quel genre ? Un vase de cristal ? de faïence ?

— Non, de Soissons.

Le sourire de l'antiquaire s'accentue.

— Je crains de ne pas avoir cet article... En revanche, j'ai de ce côté quelque chose qui pourrait vous intéresser. Venez voir... Tenez, allez par ici... C'est au fond...

Sans leur laisser le temps de réagir, il pousse les filles vers l'arrière-boutique et referme la porte de communication derrière lui. Bulldozer et Alpaga doivent être restés dans la cour, car la pièce est vide. Le Furet fait asseoir les trois amies sur des chaises dépareillées, s'adosse à un buffet, sort un cigare d'un étui en cuir et l'allume sans un mot. Puis il lance une bouffée au plafond et dit sèchement :

— Maintenant, vous allez me donner quelques explications.

Ficelle devient soudainement très pâle. Elle se rend compte, un peu tard, que le bandit les a parfaitement reconnues. Il s'approche d'elle, lui souffle de la fumée au visage et demande :

— Alors, qu'est-ce que vous venez faire ici ?

Ficelle bégaie :

— Nous... nou-nous... ve... venons pour le... pour la...

Françoise intervient :

— Vous le savez déjà, cher monsieur. Nous sommes venues dans ce magasin avec l'espoir d'y trouver un vase de Soissons. De préférence, pas cassé...

— Vous vous payez ma tête ? grince le Furet.

Pour toute réponse, Françoise le regarde d'un air ironique. Se rendant compte que Ficelle est la plus impressionnable, le bandit l'empoigne par un bras, la secoue brutalement et crie :

— Alors, tu vas parler ? Pourquoi es-tu venue ?

Ficelle est morte de peur. Elle essaie d'avaler sa salive, puis murmure, sans voix :

— La mama... la machine.

— Quoi ? hurle le Furet, répète !

— La ma... la ma... chine.

— Quelle machine ?

Soudain, il sursaute, lâche Ficelle avec un air de surprise.

— Comment es-tu au courant ? Tu l'as déjà vue ? À quel moment ?

Toujours aussi affolée, Ficelle répond dans un souffle :

— Tout à l'heure... j'ai... j'ai vu le camion qui l'a apportée... Ensuite, vous l'avez sortie du ca... du camion... Je... je l'ai aperçue à travers le po... le portail...

Le Furet serre les dents, les poings, et semble prêt à pulvériser Ficelle.

— Oui, en somme tu nous espionnes ?

Penaude, Ficelle baisse la tête au risque de voir tomber son chapeau à plumes. Boulotte s'est recroquevillée sur sa chaise. Elle n'a plus faim du tout. Françoise, jambes croisées, sifflote entre ses dents en regardant d'un air intéressé un tableau représentant la prise de Constantinople par les Turcs (1453). C'est alors que la porte de la remise s'ouvre pour laisser entrer Bulldozer et le prince d'Alpaga. Le Furet se tourne vers eux.

— Alors, c'est fait ?

— Oui, dit le prince, tout est prêt, et ça marche... Mais je vois que nous avons de la visite ?

— Nos petites amies habituelles. Elles s'intéressent justement à la machine.

Bulldozer ferme ses gros poings et grogne :

— Faut cogner, chef ? Je peux les aplatir ?

— Non, pas pour l'instant.

— Ce serait vite fait, chef ! En une minute, j'en fais de la pâtée.

— Je te dis que non ! J'ai une autre idée...

Le Furet s'assoit dans un fauteuil Louis XV, tire quelques bouffées de son cigare, réfléchit. Le gros Bulldozer ouvre et referme ses poings en grommelant. Le prince d'Alpaga s'est planté devant une vénérable glace de Venise et vérifie son nœud de cravate. Au bout d'un interminable moment, le Furet rompt le silence.

— Puisque vous êtes venues pour la machine, vous allez la voir. Je vais même vous la faire fonctionner.

À ces mots, le prince d'Alpaga sursaute.

— Quoi ? Vous allez leur montrer ?... Mais c'est de la folie !

Le Furet l'arrête en levant la main.

— Ne t'inquiète pas, Alpaga, je sais parfaitement ce que je fais !

Il jette son cigare à terre, l'écrase d'un coup de talon et ouvre son étui pour en prendre un autre. Les filles restent silencieuses, attendant qu'il parle. Ficelle commence à se rassurer : Bulldozer n'a pas eu la permission de l'écraser sous ses poings, ce qui est plutôt bon signe. Et elle va peut-être apprendre à quoi sert la mystérieuse machine.

Le Furet allume son cigare, secoue l'allumette, lance un nuage bleuté au plafond et pose une question inattendue :

— Savez-vous ce qu'est l'énergie atomique ?

Boulotte ouvre la bouche en grand sans que le moindre son en sorte. Ficelle se mord l'index d'un air parfaitement ahuri, et Françoise fronce un sourcil. Le Furet hoche la tête d'un air déçu et murmure :

— Bon, j'ai l'impression que vous ne savez pas grand-chose sur la question... Je me demande ce qu'on vous apprend à l'école...

Ficelle, vexée, réagit :

— Moi, je sais ce que c'est. Avec l'énergie atomique, on fait des piles et des bombes.

Un sourire éclaire le visage du Furet.

— Bon, très bien ! Je vois que je m'étais trompé et que vous connaissez parfaitement la question. Moi-même, j'en sais à peu près autant que vous sur cette matière, mais j'ai un ami qui est un savant atomiste. C'est lui qui a construit cette machine qui vous intéresse tant. Une machine atomique ou nucléaire, c'est la même chose.

— À quoi sert-elle ? demande alors Françoise.

Le Furet tire une bouffée de son cigare et répond lentement :

— À voyager dans le temps.

Françoise lève le sourcil qu'elle a baissé.

— Vous voulez dire une machine permettant de se déplacer à travers le temps ? De vivre dans des époques anciennes ?

Le Furet fait un signe affirmatif.

— Oui. Grâce à cet engin atomique, il est possible de se transporter à des années en arrière.

Françoise se mord les lèvres, secoue la tête.

— Voyons, ce n'est pas possible...

Le Furet sourit.

— C'est parfaitement possible. Et la preuve, vous allez l'avoir dans quelques minutes.

— Comment ?

— Oh ! c'est bien simple. Je vais vous faire voyager dans le passé. Toutes les trois.

— À quelle époque ?

— Au Grand Siècle, sous le règne de Louis XIV.

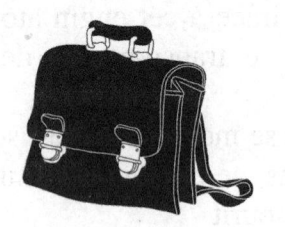

chapitre 6
Le voyage fabuleux

Françoise tortille machinalement une de ses boucles noires sur son index, geste qui révèle, pour celui qui la connaît, son incrédulité. Elle répète :

— Impossible ! Je ne pense pas qu'on puisse se déplacer dans le temps.

— Vous faites erreur, ma petite, dit le Furet avec assurance. Vous parlez comme les gens qui disaient autrefois qu'il serait impossible de se déplacer dans les airs, ou d'aller dans la lune. Vous n'ignorez pourtant pas les progrès fantastiques que les savants ont fait faire aux sciences ? Vous connaissez aussi bien que moi toutes les inventions modernes !

— C'est vrai, approuve Boulotte, on a

inventé le mixer, la cocotte-minute, le grille-pain automatique et le hachoir électrique...

— Je ne vous le fais pas dire ! Et vous pouvez me croire quand j'affirme qu'il est bien plus facile d'aller dans le passé que d'aller dans les planètes !

Ficelle est dévorée de curiosité. Elle demande :

— Vraiment, vous pouvez nous faire aller à l'époque de Louis XIV ?

— Bien sûr !

— Et... nous pourrions voir le Roi et les courtisans ?

— En ce qui concerne le Roi, je ne peux rien vous garantir. Il sera peut-être à l'intérieur du château de Versailles. Mais vous verrez certainement des gens de la Cour...

— Et... combien de temps resterons-nous ?

— La machine est réglée pour des voyages assez courts. Cinq ou six minutes. Ce sera suffisant pour que vous vous rendiez compte qu'elle fonctionne parfaitement. Si vous voulez bien me suivre...

Le Furet se lève, traverse la remise et ouvre la porte de la cour, suivi des trois amies qui se demandent comment les choses vont se passer. Ficelle pose une question :

— Allons-nous mettre des scaphandres pour voyager dans le temps ?

— Non, ce n'est pas nécessaire. Nous allons nous rendre dans le parc de Versailles. C'est l'endroit où il y a le plus de chances de voir des courtisans, puisque c'est cela qui vous intéresse...

— Il n'y a pas de danger ?

— Non, à condition que vous restiez près de la machine, sans sortir de la camionnette. Sinon vous resteriez coincées dans le temps et vous ne pourriez plus revenir à notre époque. Mais ne vous inquiétez pas, je vais vous accompagner.

Tandis qu'Alpaga se met au volant, Bulldozer ouvre la porte arrière de la fourgonnette, et le Furet aide les filles à y grimper. Comme il n'y a pas de sièges, elles s'assoient autour de la machine. Le Furet monte avec les jeunes passagères, referme la porte arrière, puis crie au prince de mettre en marche le véhicule. Ensuite, il s'assoit tout bonnement sur l'appareil et poursuit ses explications :

— L'ingénieur qui a construit ce Tempotron est mon ami le savant atomiste. Avant de le mettre à ma disposition, il l'a essayé.

— Il s'est promené dans les époques ? demande Ficelle.

— Comme vous dites ! Il a pu passer quelques minutes à l'époque de Charlemagne.

— C'est vrai ? Et il a vu Charlemagne ?

— Malheureusement non. L'empereur était en train de visiter une école à ce moment-là.

— Quel dommage ! On aurait pu vérifier s'il avait la barbe fleurie...

Françoise intervient :

— Comment se fait-il que vous ayez en votre possession une machine aussi extraordinaire ?

Le Furet fait la grimace.

— Vous allez m'accuser de l'avoir volée, peut-être ? On me l'a prêtée, tout simplement.

— Alors, je ne vois pas quel intérêt elle présente pour un antiquaire. Puisqu'il paraît que c'est votre nouveau métier...

— Oui, je suis devenu antiquaire. Et quand vous aurez fait ce petit voyage dans le passé, je vous expliquerai de quelle manière le Tempotron va me servir.

La fourgonnette a traversé Versailles, et s'est rapprochée du château. Elle franchit une grille ouverte en grand, roule quelques instants le long d'une allée, ralentit, fait demi-tour et s'arrête. Comme Ficelle est sur le point de se lever, le Furet la retient d'un geste.

— Attendez ! Ne bougez pas pour l'instant ! Je vais mettre l'appareil en marche. Ensuite, vous pourrez regarder par la vitre arrière.

Les trois filles retiennent leur respiration. Le Furet enclenche une touche, tourne un bouton. Une lampe verte s'allume, et un bourdonnement s'élève de l'engin.

— Voilà, ça marche !

— Je ne sens rien, dit Ficelle, un peu déçue.

— C'est normal. Le voyage dans le Temps se fait sans bouger de place. Mais regardez ce cadran...

Une date vient d'apparaître en chiffres lumineux : 1673.

— Voilà, nous sommes arrivés. Vous pouvez regarder par la glace arrière.

D'un bond, les trois amies se sont levées. Elles se jettent contre la glace, s'y écrasent le nez. Et poussent un cri de surprise.

Sous leurs yeux, s'étend un coin du parc. Une clairière au milieu des marronniers. Une allée ombragée conduit à un banc de pierre, auprès d'une statue de la déesse Diane, que l'on reconnaît à son arc et au cerf qui l'accompagne.

Mais le décor importe peu. Ce qui est prodigieux, inouï, stupéfiant, c'est la présence de deux personnages assis sur le banc. Un homme et une femme.

L'homme a un habit de soie bleue à broderies d'or, une culotte de satin assortie, des bas blancs et des souliers de cuir rouge à talons hauts. Il porte une grande perruque surmontée d'un chapeau de feutre noir à bords arrondis, orné d'un panache de plumes. Il pose une main sur le pommeau d'argent qui orne sa canne.

Sa compagne est vêtue d'une robe en velours grenat ornée de perles, avec un décolleté en dentelle rose. Ses épaules sont recouvertes d'un manteau en soie blanche. Sa coiffure est à la Sévigné c'est-à-dire ornée de rouleaux de chaque côté de la tête. Elle agite un éventail en lamelles d'ébène incrustées de nacre. Sur sa joue gauche, on distingue ce petit rond noir appelé mouche, adopté par les élégantes du XVIIe siècle.

Ficelle ouvre la bouche et arrondit les yeux, ne sachant que répéter :

— Ah ! eh bien alors !... Ah ! ça alors !...

Françoise scrute d'un regard aigu le détail des costumes, des coiffures. Oui, ce sont bien des personnages de l'époque de Louis XIV qui bavardent tranquillement en respirant l'air frais du bois. Mais que disent-ils ?

Françoise se tourne vers le Furet.

— Je voudrais bien entendre ce qu'ils racontent... Ne peut-on ouvrir cette porte ?

Le Furet secoue la tête.

— J'ai bien peur que non. L'ingénieur m'a dit qu'il serait dangereux de faire fonctionner la machine à l'air libre. Je ne veux pas prendre de risques.

— Dommage ! J'aimerais bavarder, avec eux... Savoir de quelle manière ils parlent... Entendre leur accent.

— Oui, dit Ficelle, on voudrait aussi pouvoir les toucher... Et eux, est-ce qu'ils nous voient ? Ils devraient être étonnés par notre camionnette !

— Je ne sais pas, répond le Furet. Il est probable que nous sommes invisibles pour eux. En tout cas, ils n'ont pas l'air de faire attention à nous...

Après quelques instants, les deux personnages se lèvent, s'engagent dans l'allée et s'éloignent. Ils disparaissent entre les troncs des arbres. Le Furet appuie sur un bouton, le bourdonnement cesse. Le voyage immobile est terminé.

— Alpaga ! C'est fini, nous repartons !

Les filles s'asseyent de nouveau sur le plancher, et la fourgonnette se remet en route. Ficelle demande alors :

— Ils vont peut-être revenir ? Nous n'aurions pas pu rester plus longtemps ?

Le Furet fait un signe négatif.

— La machine est encore en rodage. L'ingénieur m'a bien recommandé de ne pas la faire fonctionner plus de quelques minutes.

— En tout cas, c'est ahurissant ! C'est polygonal ! Dire que nous venons de vivre à l'époque de Louis XIV ! Quand les copines vont apprendre ça, elles vont en crever de jalousie !... Et Mlle Bigoudi ? Elle va en faire un nez ! Gros comme trois courgettes ! Elle ne se doute pas qu'on va bientôt en savoir plus qu'elle, en histoire de France !

Ficelle réfléchit une seconde, ajoute :

— Parce que nous allons visiter toutes les époques, n'est-ce pas, m'sieur le Furet ? Moi, je veux faire un tour au temps des mousquetaires, pour voir des duels.

— Je ne sais pas si vous le pourrez. Pour

l'instant, le Tempotron est réglé sur la date qu'il indiquait tout à l'heure. Mais je demanderai à l'atomiste qu'il change le réglage. Du moment qu'il est déjà allé sous Charlemagne, je ne vois pas de raison pour que vous n'alliez pas sous Louis XIII.

La fourgonnette revient vers le magasin d'antiquités, tandis que Ficelle continue d'exprimer son enthousiasme :

— C'est mirobolant ! Nous sommes les premiers voyageurs du temps ! Les premiers temponautes !

— En tout cas, dit Boulotte, j'ai remarqué une chose au sujet de ce voyage.

— Ah ? Laquelle ?

— Il m'a donné faim ! Je dévorerais cinquante sacristains et autant de bedeaux !

Le véhicule entre de nouveau dans la cour et s'arrête à côté d'une longue voiture blanche auprès de laquelle se tient un homme blond, corpulent, dont le gros nez soutient des lunettes.

C'est Pierre Detaille, le châtelain-sucrier.

chapitre 7

Seconde démonstration

— Ainsi donc, cette machine...
— Elle fonctionne parfaitement, cher monsieur... Ces jeunes filles vous le confirmeront.

Le Furet se tourne vers elles :

— Voulez-vous expliquer à M. Detaille ce que vous avez vu exactement, sans rien ajouter ni retrancher ?

Ficelle s'empresse de raconter l'étrange aventure, en l'agrémentant d'expressions qui soulignent son émotion.

— Ah ! c'était ébouriffant !... L'espèce de prince à perruque avait un habit phénoménal et une canne mirifique, comme dans les gravures d'autrefois ! Et vous auriez vu la duchesse ! Une robe affolante ! Et des dentelles éblouissantes ! Et ses escarpins vernis ! ... Absolument épidémiques !

— Vous êtes sûre qu'il s'agissait d'un prince et d'une duchesse ? demande l'industriel.

— Évidemment, ça pouvait être aussi bien un duc et une princesse... Ils ne portaient pas l'étiquette inventée par Louis XIV... Pas vrai, Françoise ?

La brunette fait un geste d'ignorance.

— Je ne sais pas quels étaient leurs titres, mais il s'agissait sûrement de personnes de qualité appartenant à la Cour.

M. Detaille paraît très impressionné. Il a sorti un mouchoir et se tamponne le front.

— Je ne vous cacherai pas, dit-il au Furet, que j'ai hâte de voir cela par moi-même.

— Ah ! vous me croyez enfin quand je vous dis que l'appareil est au point ?

— Ma foi... J'avais quelques doutes... Mais si j'en juge par le témoignage de ces jeunes personnes... et je ne vois pas pourquoi elles mentiraient...

Ficelle lève la main et crache par terre.

— J'ai dit toute la vérité ! Et je veux être changée en clarinette si j'ai menti d'un mot !

— Que l'on me conduise donc dans le

parc, pour que je puisse voir ce duc ou cette princesse.

Le Furet s'incline.

— À votre disposition, cher monsieur. Si vous voulez bien monter dans la fourgonnette...

L'industriel entre dans le véhicule dont Bulldozer vient d'ouvrir la porte arrière. Ficelle s'approche du Furet.

— Pourrions-nous venir aussi ?

— Ah ! non. Chacun son tour. D'ailleurs, s'il y avait trop de monde près de la machine, son fonctionnement serait perturbé. Mais je vous donnerai l'occasion de faire un autre voyage gratuit au cours de la semaine. Je dis bien gratuit, car, dans quelque temps, quand notre appareil sera parfaitement sûr, nous ferons payer les voyageurs du temps.

Françoise hoche la tête.

— Ah ! je comprends maintenant où vous voulez en venir. Une sorte d'agence de voyages ?

Le Furet sourit.

— Tout simplement ! Mais au lieu d'organiser des croisières en Méditerranée ou des vacances en montagne, nous emmènerons les touristes au Moyen Âge ou dans l'Antiquité.

Le Furet et Bulldozer prennent place à l'intérieur de la camionnette qui démarre, sort de la cour et disparaît. Les trois filles sortent également de la cour. Pour marcher plus facilement, Ficelle s'est décidée à enlever ses grandes chaussures. Elle récupère sa voiture d'enfant qui était restée sur le trottoir, puis nos voyageuses temporelles se dirigent à petits pas vers la gare.

— En somme, dit Ficelle, le Furet est devenu honnête. Il n'attaque plus les banques... Tu ne crois pas, Françoise ?

— On dirait, oui. Son affaire de voyages dans le temps peut lui rapporter une bonne petite fortune...

— Sûrement ! approuve Boulotte. Il va gagner beaucoup d'argent et pouvoir s'acheter des sacristains... Oh ! regardez, là-bas !... Une pâtisserie que je ne connais pas !

La super gourmande pique un cent mètres, s'engouffre dans la boutique, se fait remplir un sac de gâteaux.

— Tu n'auras plus faim pour le déjeuner ! dit Ficelle.

— Penses-tu ! Le jour où je n'aurai plus d'appétit, je serai bien malade... D'ailleurs, je trouve que l'air de Versailles met en appétit.

doutez pas ! Tout se passera
le souhaitez... À moins, bien sûr,
e soit pas d'accord.
charge de trouver de bons argu-
le convaincre. Des arguments

)etaille tapote son portefeuille en
fourgonnette se remet en marche,
, traverse de nouveau Versailles
garer dans la cour. L'industriel
e la main du Furet en lui recom-

noi signe dès qu'il y aura du

stalle dans sa voiture, fait ron-
r, sort de la cour ; après avoir
ieux quartier, il s'engage sur la
bouillet qui longe la partie sud
t alors qu'une voix lui parvient
i ordonne :

-vous immédiatement !

C'est sans doute pour ça que Louis XIV était un gros mangeur.

Elles descendent sur le quai, au long duquel stationne un train en tôle d'aluminium ondulée. Ficelle entre dans un wagon et se laisse tomber sur la banquette avec un « ouf ! » de satisfaction.

— Voilà une matinée bien remplie ! J'ai résolu l'épais mystère du Tempotron, j'ai voyagé sous le règne de Louis XIV et j'ai détecté que le Furet allait organiser une agence de voyages... Ah ! que je suis dégourdie ! Fantômette n'aurait pas fait mieux.

Elle s'aperçoit alors que son chapeau à plumes provoque l'amusement des autres voyageurs. Elle l'enlève, puisqu'il ne sert plus à rien, s'évente le visage avec, puis tourne la tête vers Françoise pour lui faire remarquer que le train se met en marche.

Françoise a disparu.

— Hein ? Où est-elle ? Elle n'est pas montée avec nous ?

Boulotte gonfle ses joues déjà rebondies et souffle en faisant « pouh ! » pour indiquer son ignorance à ce sujet.

— Bizarre, dit Ficelle, j'ai bien cru qu'elle était montée derrière moi.

79

Les deux filles se mettent à la fenêtre, baissent la glace et regardent vers l'arrière du train. Françoise, restée sur le quai, agite son béret écossais pour leur dire adieu.

— Êtes-vous prêt ? demande le Furet.

— Je suis prêt ! répond Pierre Detaille.

— Alors, je mets en marche le Tempotron.

La machine se met à bourdonner, et l'industriel regarde par la glace arrière de la fourgonnette qui s'est arrêtée à l'orée de la clairière.

— Je ne vois rien de particulier, dit Pierre Detaille, juste un coin du parc...

— Attendez, cher monsieur, j'aperçois des gens... là-bas, au bout de cette allée.

— Ah ! vous avez raison.

Trois hommes viennent, en effet, d'apparaître entre les arbres. Ils marchent d'un pas tranquille, en s'appuyant sur de hautes cannes. À mesure qu'ils s'approchent, on distingue les détails de leurs vêtements. Plumes au chapeau, jabots de dentelle, habits ornés de rubans, chausses brodées. Pierre Detaille répète à voix basse :

— Incroyable !... C'est incroyable !...

Le Furet approuve :

— Je vous l'avais dit. La machine fonc-

chapitre 8
L'ampoule

Surpris, Pierre Detaille donne un brusque coup de frein tout en regardant dans le rétroviseur. Il aperçoit un visage masqué surmonté d'un bonnet noir à pompon.

Il gare la voiture sur le bas-côté de la route, se retourne, et demande :

— Qui êtes-vous ?

— Fantômette, pour vous servir.

L'industriel ajuste ses lunettes pour mieux observer l'intruse. Il murmure :

— Fantômette ?... Ce nom me dit quelque chose... Une justicière qui s'attaque aux bandits, n'est-ce pas ?

— Oui. Désolée de vous déranger, mais j'ai une ou deux questions à vous poser.

— Eh bien, je vous écoute !

— Qu'avez-vous l'intention de faire avec le Tempotron ?

Pierre Detaille sursaute.

— Comment ? Vous savez ?

— Oui, je sais.

— Comme les nouvelles vont vite ! La machine vient à peine d'être essayée, et déjà tout le monde est au courant ! Pourtant, M. Refluet m'avait affirmé que cette affaire resterait secrète...

— Comment dites-vous ?

— M. Refluet. L'antiquaire.

Fantômette remarque que Refluet est l'anagramme de Le Furet, c'est-à-dire le même mot dont on a interverti les lettres. Mais elle ne le dit pas et se contente de demander :

— Expliquez-moi pourquoi vous désirez voyager dans le temps. Quel est ce grand projet qui semble vous préoccuper ? Vous voulez réaliser un rêve où il est question de marquis...

À nouveau, Pierre Detaille fait un mouvement de surprise.

— Ah ! vous savez cela aussi ? Comment diable l'avez-vous appris ? C'est à croire que vous connaissez la moindre de mes pensées !

— Peu importe. Disons que c'est mon métier. Je m'intéresse à tout ce qui est bizarre. Ce qui est le cas de cette affaire.

L'industriel semble en prendre son parti.

— Soit ! Après tout, je peux bien vous dire de quoi il s'agit...

Il se recueille un instant, caresse son menton, puis explique :

— Je dois tout d'abord vous confesser que j'ai des idées... de grandeur. Des idées qui me sont venues petit à petit. J'ai réussi à faire fortune en partant de rien, grâce à mon courage et à mon habileté. En signe de réussite, j'ai acheté le château de Parcy-Parla, et j'ai pris à mon service un majordome, des domestiques, un chauffeur, des jardiniers... Je puis donc vivre en châtelain, comme un baron ou un marquis du temps jadis. Seulement, voilà... je ne suis ni baron, ni marquis. Mes ancêtres étaient de simples paysans des Flandres. Et cela me chagrine. Je me sens étranger, mal à l'aise au milieu de mes fauteuils Louis XV. Vous me comprenez ?

— Je crois, oui. En somme, vous souhaiteriez avoir un titre de noblesse ? Quelque chose comme marquis de Parcy-Parla ?

— Marquis, précisément. Et lorsque

M. Refluet m'a parlé de cette machine du temps, j'ai formé un espoir fou... La possibilité de rencontrer Louis XIV en personne, et de lui demander des lettres de noblesse.

Du coup, c'est Fantômette qui ne peut retenir une exclamation de surprise.

— Comment ? Vous voudriez que Louis XIV vous fasse marquis ?

— Pourquoi pas ? Il avait bien le pouvoir d'attribuer des terres, des châteaux ou des charges à la noblesse.

— Oui, bien sûr. Mais puisque, au cours de sa vie, il ne vous a jamais rencontré, comment pourrait-il le faire maintenant ?

— Il ne m'a pas rencontré, mais il me rencontrera. Puisqu'il est prouvé qu'on peut voyager dans le temps, il n'y a aucune raison pour que je ne puisse pas le rencontrer.

Fantômette n'insiste pas.

— Bon, très bien. Dans ce cas, il nous suffira d'attendre pour voir ce qui va se passer. Si vous voyez Sa Majesté, dites-lui bien le bonjour de ma part !

Elle sort de la voiture, fait un petit salut de la main, franchit une grille et disparaît dans le parc, du côté de l'Orangerie. Pierre Detaille redémarre en pensant : « Drôle de petite personne ! Je me demande de quelle époque elle sort ! »

Il est midi.

Boulotte et Ficelle sont assises face à face devant un bifteck pommes frites, en se demandant ce que Françoise est en train de faire.

Le Furet et Bulldozer sont assis devant un bifteck pommes vapeur, en attendant le retour du prince d'Alpaga qui est parti faire une course à Paris.

Pierre Detaille s'est arrêté à un restaurant routier. Il a dans son assiette un bifteck pommes paille.

Fantômette n'a pas le temps de songer à son estomac. Elle avance au pas gymnastique à travers le parc de Versailles désert à cette heure, foulant avec légèreté les premières feuilles rousses tombées des arbres. Elle contourne le bassin d'Apollon, se dirige vers la partie nord où se trouvent les Trianons et le hameau de la Reine. Dans les frondaisons chères à Mlle Bigoudi, des passereaux pépient inlassablement, comme ils le faisaient déjà lorsque Louis XIV se promenait sous ces mêmes arbres.

Après quelques minutes de trajet, elle repasse par l'endroit où Ficelle s'était pris le pied dans un fil électrique. Mais il n'y a plus de fil. Puis elle parvient à la clairière où se sont produites les fantastiques apparitions. Il n'y a là personne d'autre que Diane armée de son arc.

Fantômette s'est arrêtée à l'endroit où a stationné la fourgonnette. Elle observe le chemin par où le gentilhomme et la dame s'étaient éloignés après avoir bavardé sur le banc. C'est également par là qu'étaient venus les trois personnages aperçus par Pierre Detaille. Elle s'y engage, parcourt une centaine de mètres dans le sous-bois, et parvient dans une seconde clairière d'où l'on découvre, dans le lointain, la petite ferme où Marie-Antoinette jouait à la laitière. Là, l'herbe est piétinée. Des emballages de bonbons et de cigarettes indiquent que l'endroit a été fréquenté par des touristes négligents.

Fantômette se courbe en deux, examine le sol et les papiers. Serait-elle venue là pour faire le ménage du parc de Versailles ?

Elle tourne autour de la clairière, s'adosse au tronc d'un marronnier, réfléchit. Les oiseaux ont organisé un concours de piaillements sous un rayon de soleil qui perce les nuages. Ce rayon se pose sur un objet blanc qui se cache à demi derrière une touffe d'herbe. Encore un papier ?

Fantômette s'approche, ramasse l'objet. Ce n'est pas un papier, mais une grosse lampe électrique à verre dépoli. Sur la douille de laiton en forme de vis, une traînée noirâtre indique que l'ampoule a subi un coup de chaleur sous l'effet d'un mauvais contact. La puissance est indiquée sur la douille : 1 500 watts.

« Oh ! mais c'est énorme ! On doit obtenir une lumière intense, avec ça... »

Pendant une minute, elle tourne et retourne l'objet entre ses mains, comme un archéologue qui vient de découvrir un crâne préhistorique. Puis un sourire se dessine sur ses lèvres. Elle repose délicatement la lampe derrière sa touffe d'herbe, cueille une des dernières pâquerettes de la saison, et se met à mâchonner la tige en murmurant :

« Louis XIV, à nous deux ! »

chapitre 9
Le page

— Voilà le colis, chef !

Le prince d'Alpaga a posé sur la table un gros paquet. Le Furet sort de sa poche un couteau à cran d'arrêt, en fait jaillir la lame et coupe les ficelles. Il déplie l'emballage qui enveloppe trois boîtes en carton.

L'une contient des vêtements de style ancien. Un habit de velours vert, un pourpoint mauve, une livrée de laquais, un manteau gris brodé d'argent, des culottes de soie et des gants en dentelle. La deuxième boîte renferme des chapeaux ; la troisième, des perruques. Le Furet approuve.

— Parfait ! C'est tout à fait ce qu'il nous faut. Où as-tu trouvé tout ça ?

— Près du théâtre Molière. Une boutique qui loue des costumes de scène.

— Gégène-le-Scribouillard t'a donné le reste ?

— Oui, voilà.

Le prince montre un tube de carton.

— Bon, tu t'es bien débrouillé, mon cher Alpaga. Nous pouvons maintenant appeler notre futur marquis.

Le Furet décroche le téléphone et compose le numéro du château de Parcy-Parla. Après quelques instants, la voix du châtelain se fait entendre, et le Furet annonce joyeusement :

— Cher monsieur, j'ai du nouveau... Oui, déjà. Vous voyez que les choses vont encore plus vite que nous l'espérions. Il y a une heure, j'ai réussi à contacter le chancelier de Sa Majesté, M. de la Tramontane... Je vous ai décrit dans les termes les plus flatteurs, en lui expliquant ce que vous souhaitiez. Eh bien, il est d'accord... Il va parler de vous au Roi... Et il se fait fort de vous obtenir le titre de marquis... Moyennant une petite somme pour prix de ses services... Combien ? Mille louis d'or... C'est bien peu de chose, n'est-ce pas ?... Nous pouvons rencontrer le chancelier ce soir, à huit heures... Vous avez le temps de rassembler les louis ?... Oui ? Très bien... Ah ! encore un détail... J'ai ici des costumes du XVIIe siècle... Vous en mettrez un... Pourquoi ? Tout simplement pour que M. de la Tramontane ne soit pas surpris de vous voir en complet veston. Moi-même, je mettrai un habit et une perruque... Alors, c'est entendu, à ce soir, cher monsieur !

Le Furet raccroche avec un sourire, se frotte les mains.

— Et voilà ! L'affaire est dans le sac !

— Belle chose, ces voyages à travers le temps, dit Alpaga en s'approchant d'une glace pour admirer sa coiffure.

— Oui. Dommage qu'on n'ait pas inventé le Tempotron plus tôt.

— Et qu'allons-nous faire d'ici ce soir, chef ?

— Bah ! Rien... tuer le temps.

Pierre Detaille se frotte également les mains. Son grand rêve va se réaliser ! Ce soir, il sera marquis de Parcy-Parla, grâce à des lettres de noblesse signées de la main même de Louis XIV ! Grâce aussi aux miracles de la science moderne. Ce Tempotron n'est-il pas une vraie merveille ?

De nouveau, la sonnerie du téléphone

retentit. L'antiquaire Refluet a-t-il oublié de lui préciser quelque chose ?

Non, c'est Fantômette qui se trouve au bout du fil. Elle demande si une nouvelle séance de voyage temporel est prévue. L'industriel répond avec enthousiasme :

— Oui ! justement... à vingt heures, l'antiquaire va me faire rencontrer M. de la Tramontane, le chancelier de Louis XIV. Je vais lui remettre mille louis en échange d'un papier signé par le Roi qui va m'anoblir. N'est-ce pas magnifique ? Je vais me faire faire un habit de marquis et j'offrirai une fête dans mon château pour célébrer cet événement. Vous êtes invitée...

Fantômette remercie et raccroche. Pierre Detaille appelle alors son majordome :

— Amédée, à partir d'aujourd'hui, vous m'appellerez « monsieur le marquis ».

— Bien, monsieur le marquis.

— Et qu'il ne soit plus question de sucre dans cette maison. Désormais, nous nous servirons de miel, comme au Grand Siècle !

Le soir étend ses ombres et sa brume sur les immenses avenues de Versailles. Un flot incessant de voitures... Des passants qui se hâtent de rentrer chez eux après une journée de travail... Qui pourrait se douter que dans cette ville, à cette heure, il se passe une chose fantastique, incroyable ? Qui pourrait deviner qu'au fond de ce magasin d'antiquités, un industriel du XXe siècle est en train de s'habiller en gentilhomme pour rencontrer un chambellan qui a vécu trois cents ans plus tôt ?

Pierre Detaille est devant la glace de Venise qu'emploie habituellement le prince d'Alpaga pour s'admirer. Mais ce soir, le prince est absent. Ce sont donc Bulldozer et le Furet qui aident l'industriel à revêtir un habit de velours vert. Le Furet lui ajuste une perruque sur la tête, le coiffe d'un chapeau à panache et s'écrie :

— Ah ! en vérité, vous êtes superbe, cher monsieur ! Vous avez tout à fait la prestance d'un grand seigneur !

— Vraiment ? Mais je vois qu'il y a des fleurs brodées dans le bas de ce vêtement... Ne seraient-elles pas mieux dans le haut ?

— Il paraît que les personnes de qualité les portent ainsi... Je peux les faire déplacer, si vous voulez ?

— Non, non ! ça ira très bien...

— N'ayez aucune inquiétude, M. de la Tramontane ne pourra pas se douter que vous êtes un homme des temps modernes !

Pierre Detaille n'est pas le seul à s'être déguisé. Le Furet a mis le pourpoint mauve, et le gros Bulldozer s'est habillé en laquais. On a l'impression qu'ils vont jouer une scène du *Bourgeois gentilhomme*. Le Furet soulève les dentelles qui recouvrent son poignet pour regarder sa montre.

— Huit heures moins le quart. Nous pouvons y aller. Vous avez les louis, cher monsieur ?

— Dans ma voiture. Je les ai mis à l'intérieur d'une bourse en toile. C'est comme cela que l'on faisait autrefois, n'est-ce pas ?

— En effet. Je vois que vous pensez aux détails...

— Ah ! je sens que je n'appartiens déjà plus à ce siècle... Je crois que je vais vendre mon auto et faire construire un carrosse...

Ils sortent de la boutique, s'installent dans la fourgonnette qui prend une fois de plus la direction du parc. Pierre Detaille a posé sur ses genoux le sac contenant les mille louis qu'un agent de change lui a apportés dans l'après-midi. Le véhicule passe devant le château dont on devine la silhouette plus noire que le ciel, longe le boulevard du Roi, tourne à gauche vers la porte Saint-Antoine. Pierre Detaille demande au Furet :

— Nous ne revenons pas à la clairière ?

— Non, nous ne pourrions pas y aller puisque les grilles du parc sont fermées à cette heure-ci. Le rendez-vous est un peu plus loin, après le Hameau.

La fourgonnette parcourt encore un kilomètre et s'arrête sous un réverbère, en bordure d'une allée réservée aux amateurs d'équitation. Les trois hommes sortent du véhicule et attendent. Le silence n'est troublé que par le ronronnement du Tempotron. Le Furet regarde de nouveau sa montre.

— Il va être huit heures. Le chancelier ne devrait pas tarder.

C'est alors que le bruit d'un galop s'élève dans la nuit. Là-bas, dans l'allée, apparaît un cavalier qui s'approche vivement.

— Le voilà ! dit le Furet.

Le cavalier ralentit sa monture en avançant vers le petit groupe, puis s'arrête. C'est un jeune page. Le réverbère permet de distinguer son pourpoint jaune et sa toque rouge ornée d'une plume noire. Il demande :

— Messeigneurs, l'un d'entre vous est-il le sieur de Taille ou de la Taille ?

Pierre Detaille fait un pas en avant.

— C'est moi.

Le page incline la tête.

— Fort bien, monseigneur. Mon maître, M. de la Tramontane, m'a chargé de vous remettre ceci en échange d'une certaine bourse.

Le page tend un rouleau de papier scellé d'un gros cachet de cire rouge. L'industriel fait un « ah ! » de satisfaction et tend la bourse au page qui s'en empare prestement. Le Furet s'avance alors :

— Mais... C'est le chambellan qui aurait dû venir... Qui êtes-vous donc ?

— Vous le voyez, je suis son page.

— Mais... je... vous... je...

Sans daigner écouter les balbutiements du Furet, le page ôte son bonnet et salue Pierre Detaille :

— Adieu, monsieur le marquis !

Puis il pique les éperons dans les flancs de sa monture et disparaît au triple galop. Le Furet serre les poings et mâchonne des jurons indistincts. Le gros Bulldozer s'est approché de lui et murmure :

— Patron, vous avez vu ? C'était prévu au programme ?

— Tais-toi, tais-toi ! fait le Furet à voix basse.

Mais cette précaution est inutile. L'industriel n'écoute pas les deux bandits. Il a brisé le cachet et déroulé le papier qu'il lit avec ravissement :

*Nous, Louis, Roi de France
par les présentes
octroyons au sieur Pierre de Taille
le titre de
Marquis de Parcy-Parla
en hommage à ses mérites personnels.*

*Fait à Versailles le 20 octobre
de l'an de grâce 1673.
Signé : LOUIS.*

L'industriel saute de joie et s'écrie :

— Ah ! c'est merveilleux ! Me voilà marquis ! Mon vieux rêve s'est réalisé ! Je suis le plus heureux des hommes !

Autant il est gai, autant le Furet paraît renfrogné. Le bandit jette perruque et chapeau dans la fourgonnette, et grogne :

— Bon, bon, tant mieux ! Retournons à la boutique.

Ils remontent dans le véhicule qui fait demi-tour et revient vers la ville. Pendant le trajet, Pierre Detaille expose avec enthousiasme le projet qu'il vient d'imaginer :

— Maintenant que me voilà marquis, je vais demander à un artiste de peindre un blason sur toutes les portes de mon château. Il me semble que deux pinces à sucre entrecroisées sous une couronne de marquis feraient très joli... Qu'en pensez-vous, mon cher Refluet ?

Le Furet répond par de vagues signes de tête. Il se demande qui peut bien être le page qui s'est emparé du précieux sac d'une manière si imprévue. Et comment pouvait-il être au courant de toute l'affaire ? L'industriel a-t-il bavardé ? Le Furet n'ose le lui demander.

Il est huit heures et demie du soir quand la fourgonnette revient dans la cour... Le nouveau marquis met pied à terre, caresse sa perruque ; puis pose le poing gauche sur sa hanche, allonge la jambe droite, agite gracieusement dans l'air son rouleau de papier, dans l'attitude majestueuse d'un grand seigneur. Il déclare alors au Furet et à Bulldozer :

— Messieurs, je crois utile et nécessaire de célébrer ma récente promotion. Je me propose donc de donner une brillante fête en mon château de Parcy-Parla, avec bal, musique et autres divertissements de choix. Je compte y voir la plus belle société, et il me serait agréable que vous y figurassiez.

Le Furet pose une main sur son cœur, et s'incline pour remercier, tout en murmurant :

— Figurassiez... figurassiez... Ma parole, il se prend pour Louis XIV, maintenant.

Le marquis ôte son chapeau pour entrer plus commodément dans sa voiture, s'en recoiffe dès qu'il est installé au volant, puis s'écrie :

— Place, manants !

Et il démarre en trombe !

Bulldozer s'approche du Furet et demande anxieusement :

— Alors, chef, c'est raté ?

Le Furet tape du pied.

— Bien sûr, que c'est raté ! Tu n'as pas encore compris ? Nous nous sommes donné un mal fou pour monter cette affaire, et quelqu'un nous a soufflé la bourse !

— Mais... Alpaga, qu'est-il devenu ?

— Est-ce que je sais, moi ! Il a dû se faire assommer dans le bois par ce maudit page !

À peine le Furet a-t-il prononcé ces paroles qu'un taxi s'arrête devant le portail. Alpaga en descend en se tenant la tête. Lui aussi est habillé en gentilhomme du XVIIe siècle. Sa perruque est de travers, et il paraît assez mal en point.

Le Furet le presse de questions :

— Alors ? Explique !

— Expliquer ? Que voulez-vous que je dise ? Je me suis posté à l'endroit convenu, un peu avant huit heures, avec le rouleau de papier. Je tenais le cheval par la bride. Au bout de quelques minutes, j'ai reçu un grand coup sur la tête, qui m'a étourdi. Quand je me suis réveillé, je n'avais plus ni cheval, ni papier. Je suis revenu à pied jusqu'au boulevard du Roi, où j'ai trouvé un taxi. Voilà tout.

Le Furet serre les poings et profère rageusement :

— C'est Fantômette, bien sûr. Ce ne peut être qu'elle. Ah ! ma petite, attends un peu que je te retrouve ! Il va y avoir de la bouillie de Fantômette ! Tu vas me payer ça, je te le garantis ! Et pas avec des pièces d'or !

chapitre 10
Ficelle duchesse

— J'ai le père Boudin, la mère Boudin et le fils Boudin. Il me manque encore la fille...

— Boulotte, tu ne dois pas parler pendant le jeu ! s'écrie Ficelle.

— Tout à l'heure, tu as bien parlé, toi ! Tu as dit qu'il te manquait le grand-père Lafleur.

— Moi, c'est différent. Je pensais à haute voix.

Boulotte, Ficelle et Françoise jouent au jeu des 7 familles dans le jardin, en utilisant comme table la fameuse poussette, qui a été mise roues en l'air. Jusqu'à présent, Françoise est la grande gagnante. Elle a reconstitué successivement la famille Pompon (pêcheurs), la famille Cornet (musiciens) et les Baba (pâtissiers). Ce qui rend Ficelle furieuse.

— Moi, je ne jouerai plus avec vous ! Françoise gagne tout le temps et Boulotte triche ! À cause de vous, je n'arrive pas à trouver le fils Pinceau... Oh ! du courrier !

Le facteur à bicyclette vient de glisser une lettre dans la boîte qui est accrochée à la clôture, au bout du jardin. Abandonnant la famille Pinceau à son triste sort, Ficelle court ouvrir la boîte, en sort une lettre de grand format portant dans le coin gauche un blason où l'on peut voir deux pinces à sucre et une couronne au-dessus d'une devise : *Je sucre par-ci, par-là*.

— Qu'est-ce que c'est ? Je voudrais bien savoir ce qu'il y a dans cette enveloppe... Il faudrait peut-être l'ouvrir ?

— Riche idée ! approuve Françoise.

Ficelle disparaît en courant dans la maison et revient avec des petits ciseaux à broder. Elle découpe minutieusement le bord de l'enveloppe d'où elle sort un rectangle de carton bleu ciel frappé d'une couronne d'or. Les trois amies se bousculent pour déchiffrer le texte imprimé en violet sous une forme manuscrite :

*Le Marquis Pierre de Taille
de Parcy-Parla
vous prie d'honorer de votre présence
les Fêtes du Grand Siècle
qu'il donnera en son château
le 1er novembre.
Costumes du XVIIe siècle de rigueur.*

— Ah ! terrible ! s'exclame Ficelle, folle de joie. J'ai toujours rêvé de vivre comme une grande dame dans un château très historique ! Croyez-vous qu'il y aura un bal ?

— Sûrement ! dit Françoise.

— Et un buffet avec des petits gâteaux ? demande Boulotte.

— C'est probable.

— Chic alors !

Pour marquer son contentement, Boulotte engloutit une barre de nougat enrobé de caramel. La grande Ficelle saute sur place trois ou quatre fois et crie :

— Je me sens des frétillements dans les doigts de pied ! Comme la fois où Mlle Bigoudi avait mis la mention « Très bien » à ma dictée. Je n'avais pas fait une seule faute. Vous vous en souvenez ? Aucune faute d'orthographe, et...

— Oui, on sait ! coupe Françoise, tu nous en as parlé pendant trois mois, de ta dictée sans faute !

— Eh bien, en ce moment je suis dans le même état qu'au moment de ma dictée ! Je suis très optimisée ! Et maintenant, il faut que je réfléchisse à la robe que je vais mettre... Je veux m'habiller en duchesse.

Elle réfléchit en fourrageant dans le paquet de foin qui lui tient lieu de chevelure, puis elle précise :

— Pas en n'importe quelle duchesse ! En duchesse noble, avec une grande perruque comme Marie-Antoinette.

Françoise secoue la tête.

— Tu ne serais pas à la mode du temps de Louis XIV.

— Ah ? C'était quand, l'époque de Marie-Antoinette ?

— Louis XVI.

— Bah ! je n'en suis pas à deux numéros près ! Et toi, quel costume vas-tu choisir ?

— Je ne sais pas encore... Je verrai.

— En tout cas, je ne veux pas que tu t'habilles en duchesse noble ! C'est moi qui ai choisi cette toilette la première. J'en ai l'excuse... l'écluse...

— L'exclusivité.

— Voilà, c'est ça.

— Entendu, je ne te volerai pas ton costume.

La grande Ficelle se rappelle alors qu'elle possède toute une collection de *Cinémagazine* où l'on doit pouvoir trouver des photos tirées de films historiques. Les trois amies abandonnent définitivement les familles de charcutiers et jardiniers pour se rendre dans la chambre de la future duchesse. La collection manque un peu de cohésion. Ou si l'on préfère, elle souffre d'un excès de dispersion : les revues de cinéma sont répandues dans des lieux divers tels que le creux du lavabo, le dessous du lit, le dessus de l'armoire ou le derrière du radiateur.

Après une chasse féroce, les trois filles parviennent à récupérer une douzaine de magazines et entreprennent de les feuilleter. Françoise découvre de nombreuses photos extraites du film *Le Roi-Soleil*. Ficelle pointe de l'index une image représentant la marquise de Montespan en poussant un cri de joie.

— Ah ! voilà tout à fait l'habillement qu'il me faut ! Quelle belle robe de duchesse !

Françoise pouffe de rire et fait remarquer :

— Madame de Montespan n'était pas duchesse, mais marquise.

Ficelle grimace.

— Alors, je n'en veux pas, de cette robe-là ! Elle est affreuse !

Plongées dans les revues, nos trois jeunes personnes passent une heure délicieuse à comparer les jupes, étudier les dentelles, choisir les coiffures. C'est à qui découvrira la plus jolie robe, le plus beau corsage, les plus riches broderies. Chacune est bientôt persuadée d'obtenir lors de la fête un parterre d'admirateurs, et d'éclipser aisément les toilettes des autres invitées. Le problème est maintenant de mettre en pratique ces beaux projets, donc de se procurer les costumes. Françoise apporte une solution pratique :

— Je connais une boutique qui loue des déguisements, à côté du théâtre Molière. Nous y trouverons tout ce qu'il nous faut.

— Ah ! dit Ficelle, je voudrais déjà y être, à cette fête... Si je pouvais supprimer les jours qu'il y a jusqu'au 1er novembre, comme ce serait pratique !

— En somme, remarque Françoise, tu voudrais aller dans le futur, en voyageant dans le temps ?

— Oh ! oui, je voudrais bien !

— Demande donc au Furet de te prêter son Tempotron...

— Tiens ! Je n'y avais pas pensé.

Ficelle s'assoit sur un dictionnaire, réfléchit en plissant son front et murmure :

— Avec cette machine, je pourrais me promener aussi bien dans l'avenir que dans le passé... Et connaître le sujet de la prochaine interrogation écrite... Savoir l'énoncé des problèmes de l'examen... Je pourrais être la première partout ! Mlle Bigoudi serait drôlement éblouie !

— En attendant d'éblouir Mlle Bigoudi, je te conseille de réviser tes leçons d'histoire et de géo. Il y aura une interrogation demain.

— Oh ! je n'ai pas le temps de voir les deux. Je réviserai soit l'histoire, soit la géo. Ah ! c'est maintenant qu'il me le faudrait, le Tempotruc !... Puisque je ne l'ai pas, je vais tirer au sort.

Elle ouvre un album de timbres-poste, saisit un « Tahiti bleu », entre le pouce et l'index :

— Côté image, je prends l'histoire. Côté colle, la géo.

Elle lâche le timbre qui tombe, tourbillonne

et s'arrête sur le plancher en laissant voir la face imprimée.

— Histoire ! Je vais potasser l'histoire !

Il est dommage, en effet, que Ficelle ne puisse disposer de la machine à explorer le temps. Sinon elle pourrait apprendre que l'interrogation écrite aura pour sujet : « Cultures et élevage en Bretagne ».

chapitre 11

Une soirée à Parcy-Parla

En cette soirée du 1er novembre, la façade du château de Parcy-Parla est splendidement éclairée par des projecteurs. Sur le perron se tiennent des valets en livrée porteurs de torches, et l'intérieur de l'édifice est illuminé par les flammes vivantes d'innombrables chandeliers. Des luminaires habilement disposés derrière les haies de troènes ou sous les ifs créent des taches vertes dans les jardins, et des lampes braquées sur une fontaine changent le jet d'eau en une gerbe d'étincelles.

Ces feux innombrables font resplendir les costumes historiques des invités. Les bijoux étincellent sur les soieries, les broderies d'or scintillent, les diadèmes éblouissent.

— Cette grosse profusion de lumières et de couleurs m'enchante la vue, déclare poétiquement Ficelle.

Elle ajoute :

— Et ce menuet finement distillé par ces violons me charme les oreilles.

— Moi, dit Boulotte, ce qui m'enchante le palais et me charme la langue, c'est la pâte d'amandes...

La gourmande a pris position devant un buffet abondamment garni, bien décidée à y rester jusqu'à la disparition du dernier petit four.

Les trois amies sont arrivées depuis une demi-heure, dans une voiture que Pierre Detaille a envoyée avec un chauffeur. Elles ont revêtu des habits préparés depuis plusieurs jours, qui ont été longuement essayés devant des miroirs. Boulotte porte une jupe orangée fermée sur le devant par deux rangs de boutons rouges. Elle a essayé de comprimer sa taille dans un corselet noir orné de broderies d'or. Au-dessus du corset, un décolleté de dentelle laisse voir des épaules dodues. Il faut noter que ces dentelles sont déjà parsemées d'une multitude de miettes.

La grande Ficelle a mis sa fameuse robe

de duchesse, blanche et rose, ornée d'une quantité de perles qui cliquettent à chaque mouvement en donnant l'inquiétante impression qu'elles vont subitement se détacher. Un manteau en velours bleu de roi et une coiffe à l'espagnole avec un peigne démesuré complètent la tenue. Notre duchesse tient un éventail qu'elle plie et déplie sans cesse, geste d'une suprême élégance qu'elle a remarqué dans le film *Le Roi-Soleil*.

Quant à Françoise, elle s'est habillée en page, au moyen d'un collant jaune, d'une cape noire et d'un bonnet rouge.

C'est le maître du château lui-même qui a accueilli ses jeunes invitées en haut du perron. Il est en habit de soie verte, à parements rouges. Son baudrier d'or soutient une épée à fourreau d'argent ciselé. Des nœuds de rubans sont attachés un peu partout, aux genoux, sur les chaussures, sur les épaules, sur les gants...

Il a adressé à ses visiteuses un grand sourire et des paroles aimables. Toutefois, il a tressailli en apercevant Françoise et a murmuré :

— Bizarre... vous ressemblez à un jeune cavalier que j'ai vu récemment.

Puis son attention s'est reportée sur deux nouveaux arrivants, les frères Jean et Paul Azucar, fabricants de sucre comme lui. Françoise a entraîné ses amies à travers les salons pour admirer les costumes des invités ; puis le groupe s'est approché du buffet. Ficelle croque un sandwich au foie gras qu'elle tient délicatement en levant le petit doigt, et prend place dans un grand fauteuil recouvert de tapisserie. Elle observe d'un œil aigu la société qui l'entoure, en ne ménageant pas ses critiques :

— Vous avez vu cette espèce de marquise avec une robe à pendouillettes ? Elle a l'air empaquetée dans une botte de paille !... Et la drôle de princesse, avec ce col grand comme un vélodrome ! Elle est horrible ! Elle ferait peur à un épouvantail !... Et ce mousquetaire, là-bas... Il est plus maigre qu'un squelette désossé !... Oh ! et ce bonhomme qui ressemble à Colbert ou à Louvois... Il a sa perruque qui dégringole !... Tout à l'heure elle va tremper dans sa coupe de champagne !

Elle interrompt soudain ses sarcasmes pour pincer violemment Françoise qui pousse un cri de douleur.

— Regarde, Françoise ! Les gentilshommes, près de l'entrée... Je les reconnais !

— Ce n'est pas une raison pour me martyriser ! Je les ai reconnus aussi... Le Furet et Bulldozer.

Les deux bandits viennent en effet d'arriver, costumés comme ils l'étaient le soir où Pierre Detaille avait reçu ses lettres de noblesse. Le châtelain s'empresse vers eux, leur serre la main. Le Furet, qui a d'habitude un air assez renfrogné, est ce soir tout sourires. Bulldozer, dans son habit de laquais jaune, semble également content de lui. Ficelle se penche vers Françoise :

— Puisque le Furet est ici et qu'il a l'air de bonne humeur, je vais lui demander de m'envoyer en l'an 2050. Après, je pourrai faire un cours d'histoire futuriste à Mlle Bigoudi. Tu verras sa tête !

Ficelle se lève, traverse le salon, s'approche du Furet et dit à voix haute :

— Bonsoir, m'sieur ! Je voudrais vous demander quelque chose... Au lieu de retourner sous Louis XIV, j'aimerais mieux aller en l'an 2050. Vous voulez bien ?

La question paraît embarrasser le bandit. Il hésite une seconde puis répond :

— Je ne crois pas qu'on puisse aller vers le futur... seulement vers le passé...

— Et c'est déjà bien beau ! s'écrie le marquis. Sans cette merveilleuse machine, Louis XIV ne m'aurait pas accordé le titre que je porte maintenant !

Près de Françoise, Jean Azucar a entendu l'exclamation du marquis. Il se tourne vers son frère Paul en haussant les épaules et murmure :

— Ce pauvre Détaille ! Il croit que la chose est arrivée !

— Oui, répond Paul, il a vraiment l'air persuadé d'être devenu marquis.

— Bah ! si ça l'amuse... Chacun a ses petites manies... Après tout, il y a des quantités de fous qui se prennent pour Napoléon !

Françoise observe attentivement les invités qui entourent l'industriel, et a vite fait de constater qu'ils s'amusent franchement à ses dépens. On l'appelle « monsieur le marquis », « mon cher marquis », on lui demande quand il espère devenir duc ou prince. Pierre Detaille semble ravi de toutes ces marques d'attention.

Elle a envie de courir vers lui, de crier : « Mais vous ne voyez donc pas que tous ces gens se moquent de vous ? que vous êtes la victime d'une énorme escroquerie ? que votre naïveté est stupéfiante ? »

Pourtant, elle se retient. L'heure n'est pas encore venue de démasquer le Furet, d'obliger Pierre Detaille à ouvrir les yeux. D'ailleurs, qui sait si elle ne lui ferait pas beaucoup de mal en le détrompant ? Il se croit marquis, il est heureux. Pourquoi le tirer de son beau rêve ?

Cependant une des invitées – la princesse ornée d'un col vélodrome – s'est approchée de Ficelle pour lui demander :

— Mademoiselle, vous avez donc voyagé dans le temps jusqu'au XVIIe siècle ?

— Oui, madame, j'ai fait ce voyage tempiste.

— Vous voulez dire temporel, sans doute ?

— C'est ça, temporel. Je me suis promenée dans le temps comme on se promène dans une cour de récréation.

— Et qu'avez-vous vu ?

— Oh ! j'ai vu des bonshommes fortement historiques dans le parc de Versailles. C'était en 1673. Je m'en souviens parce que la date était inscrite sur le Tempochose.

— Voilà un merveilleux voyage !

— Oui, je suis la première temponaute. J'aurai peut-être mon portrait sur les billets de banque et les timbres-poste.

— Je vous en félicite, mademoiselle.

Ficelle baisse les yeux modestement et revient vers Françoise.

— Tu as vu ? Je viens d'être félicitée par la belle princesse qui a un si joli col.

Françoise dit : « Tant mieux, tant mieux ! » d'un air distrait, puis s'éloigne en direction d'une baie qui s'ouvre sur le jardin. Ficelle se retourne vers Boulotte qui attaque vaillamment une pile de mini-sandwiches au saumon fumé.

— Hé, Boulotte, tu as vu la belle princesse qui m'a interviewée sur mon voyage dans le temps ?

Boulotte fait un vague signe de tête et engloutit trois sandwiches d'un coup. Un peu dépitée, Ficelle essaie alors de trouver une autre confidente. Mais comme personne ne semble disposé à l'écouter, il ne lui reste plus qu'à retourner s'asseoir dans son fauteuil, l'air dédaigneux, en agitant vigoureusement son éventail pour se donner une contenance.

Pendant que Ficelle boude de la sorte, Françoise s'est nonchalamment approchée du

Furet et de Pierre Detaille qui se sont retirés dans une encoignure pour tenir une conversation discrète. Protégée par une énorme plante verte, Françoise réussit à saisir quelques bribes des paroles prononcées par le bandit.

— ... Je vous garantis que ça marchera... oui, une chance inespérée... un grand honneur pour vous... Sa Majesté consentira à vous faire ministre... trois mille louis... au même endroit, près de l'allée cavalière... la même heure... le chancelier viendra, cette fois...

Françoise s'éloigne de la plante verte et rejoint Ficelle qui continue de battre furieusement l'air. La brunette l'apostrophe :

— N'agite pas ton éventail comme ça ! Tu vas finir par t'envoler...

— Il faut bien que je me donne de la ventilation... Et puis mon éventail ne me servirait à rien si je ne m'en servais pas. C'est logique, non ?

— Très logique.

— Et les dames du temps des rois se servaient de leurs « éventaux ». Or, comme je suis une dame du temps des rois, puisque j'ai été à l'époque de Louis XIV...

— Ha, ha !

Ficelle sursaute.

— Comment ? Qu'est-ce que tu dis ?

— Je dis : ha, ha !

— Eh bien, pourquoi ? Je n'ai peut-être pas voyagé dans le temps, hein ? Avec toi et Boulotte ?

— Non.

La grande fille se lève brusquement, fronce les sourcils, croise les bras et tape du pied.

— Répète un peu, pour voir !

— Du calme, ma chère Ficelle, viens par ici, que je t'explique.

Françoise entraîne son amie sur une terrasse qui domine le jardin, sous le ciel noir piqueté d'étoiles. Les projecteurs illuminent les bosquets, éclairant le passage de quelques couples, gentilshommes et grandes dames qui se promènent dans les allées.

Françoise a saisi Ficelle par le bras et prononce lentement, en détachant les mots pour se faire bien comprendre :

— Cette histoire de voyage dans le temps n'est qu'une vaste fumisterie. Tu ne l'as pas encore compris ?

— Heu... non. Nous n'avons pas fait un tour à l'époque de Louis XIV ?

— Absolument pas !

— Mais le Tempotron ? Il existe, pourtant ! Une machine nucléaire, a dit le Furet.

— Pas plus nucléaire que toi et moi. C'est une vulgaire boîte vide, avec deux ou trois cadrans et quelques lampes clignotantes pour faire de l'effet sur les clients.

Ficelle ouvre les yeux et la bouche, ahurie.

— Pourtant, ces gens que nous avons vus dans la clairière, habillés en courtisans...

— Des acteurs, des figurants ! ma petite Ficelle.

— Pas possible ?

— Mais si ! Tu te souviens de ce fil électrique dans lequel tu as trébuché ?

— Oui, je regardais les frondaisons.

— Eh bien, c'était un câble électrique aboutissant à des projecteurs qui servaient à faire des prises de vues.

— Du cinéma ?

— Oui. Il y avait même dans l'herbe une lampe flood usée. Une ampoule qui éclaire les acteurs que l'on filme. La semaine dernière, il y avait une équipe de cinéastes dans le parc de Versailles, en train de tourner un film historique. Les gens que nous avons vus dans la clairière étaient des acteurs déguisés. C'est d'ailleurs pour cela que notre fourgonnette ne les a pas étonnés.

— Ah ! je commence à comprendre... Alors, le Furet a profité de leur présence pour nous faire croire que nous étions au XVIIe siècle ?

— Oui, ma Ficelle. Il y a d'ailleurs un indice qui aurait pu te faire deviner que toute cette affaire était un coup monté.

— Ah ? Un indice ?

— Oui. Si tu étudiais un peu ton histoire de France au lieu d'élever des coccinelles dans ton casier, tu l'aurais compris tout de suite.

— Pourquoi donc ?

Françoise regarde autour d'elle pour s'assurer qu'aucune oreille indiscrète ne l'écoute, puis elle explique :

— Le Furet a prétendu que les lettres de noblesse remises à Pierre Detaille avaient été signées par Louis XIV en personne, n'est-ce pas ?

— Oui.

— Tu te souviens de la date marquée sur le cadran du Tempotron ?

— Heu !... 1673.

— Eh bien, en 1673, le Roi n'était pas à Versailles. Il faisait la guerre en Hollande !

Ficelle médite un moment, puis s'exclame :

— Mais alors, le Furet a fait croire à M. Detaille qu'il l'a fait voyager dans le temps, alors que ce n'est pas vrai ? Et il lui a vendu un papier qui n'a aucune valeur ?

— Je ne te le fais pas dire.

— Oh ! là ! là ! Il est très naïf, ce M. Detaille ! Comment a-t-il pu croire à cette histoire de Tempotron ?

— Tu l'as bien crue, toi !

— Heu !... oui, évidemment...

Ficelle plonge de nouveau dans une méditation profonde. Françoise reprend :

— D'ailleurs, sa naïveté ne me surprend pas tellement. Écoute, je vais te raconter une aventure qui est arrivée au géomètre Chasles, en 1870. Ce géomètre collectionnait les vieux papiers, les manuscrits anciens. Un jour, il a fait la connaissance d'un certain Vrain-Lucas qui lui a proposé un manuscrit de Jules César.

— Et le géomètre l'a acheté ?

— Oui. Vrain-Lucas lui a dit qu'il possédait une malle pleine d'écrits anciens et a ensuite apporté à Chasles un manuscrit de Jeanne d'Arc. Après, il lui a vendu des lettres de Molière, La Bruyère, Shakespeare, Judas, Vercingétorix, Cléopâtre, Charlemagne, Dagobert et Christophe Colomb. Bien entendu, c'est Vrain-Lucas lui-même qui rédigeait tous ces papiers... en français ! Alors tu vois qu'il existe des gens aussi crédules que Pierre Detaille[1] !

Ficelle hoche la tête.

— Ah ! je me doutais bien que le Furet avait encore imaginé un mauvais coup ! Il faut avertir tout de suite M. Detaille.

— Non, pas pour l'instant. La comédie n'est pas finie et il serait dommage de l'interrompre maintenant. Le Furet est en train de préparer quelque chose pour demain soir. Il veut faire croire à Pierre Detaille que Louis XIV va lui vendre une charge de ministre.

Et Françoise confie à Ficelle les paroles qu'elle a surprises. Boulotte, qui s'est approchée en tenant un petit-four, écoute également. Après avoir entendu les explications de Françoise, Ficelle réfléchit une minute et s'écrie :

— Je viens d'imaginer un plan ! Un plan

---

1. L'histoire que relate Françoise est absolument authentique.

génial ! Aussi génial que si Fantômette l'avait inventé. Je vais vous dire ce que c'est, et vous allez être stupé... stupéfiées... stupéfaites...

Ficelle expose son idée, puis déclare :

— Maintenant, prenons des forces pour demain soir. Nous en aurons besoin.

Et Ficelle se dirige d'un pas ferme vers le buffet, pour constater avec effarement que Boulotte a englouti le dernier petit-four !

chapitre 12

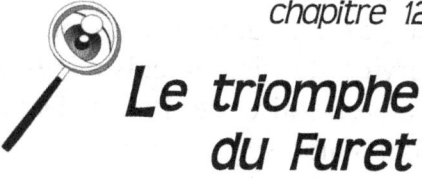

Le triomphe du Furet

Pierre Detaille se frotte les mains. Ce soir, il va ajouter à son titre de marquis la charge de ministre d'État. Charge qui sera, elle aussi, conférée par le Roi-Soleil en personne. Il ne lui en coûtera que trois mille louis... Mais qu'importe ! Puisqu'il les a, ces louis...

L'industriel-marquis fait les cent pas dans le grand salon, toujours habillé en gentilhomme. Il ne quitte plus ce déguisement. Le personnel du château porte également des vêtements à la mode du XVIIe siècle. Mais ce n'est pas la seule modification. Sur ordre du nouveau marquis, l'électricité a été coupée : on ne s'éclaire plus qu'à la bougie. Postes de radio et de télévision ont été relégués au grenier. Le téléphone est débranché. Les robinets d'eau sont fermés : il faut aller remplir des seaux au puits qui se trouve au fond du parc. Le gaz est également coupé ; on a remis en service de vieilles cuisinières et cheminées. Le secrétaire de Pierre Detaille s'est vu confisquer son ordinateur. Il n'a plus droit désormais qu'à des plumes d'oie. Le marquis s'est mis à étudier des textes du XVIIe siècle, et parle en imitant leur style. Il ne dit plus : « Voulez-vous m'apporter la lettre qu'on vient de m'envoyer de l'usine ? », mais : « Faites-moi la grâce de me bailler la missive que l'on m'a mandée de la manufacture. »

Le Furet, lui aussi, est satisfait. Sa nouvelle combinaison va lui rapporter trois mille louis. Et cette fois-ci, il prendra ses précautions pour que la bourse ne lui passe pas sous le nez.

Le prince d'Alpaga est enchanté. Le Furet lui a promis une part sur les trois mille louis, avec laquelle il se propose de renouveler entièrement sa garde-robe... Déjà il feuillette le catalogue d'un grand tailleur pour choisir les costumes qu'il portera.

Bulldozer est très content. Son chef lui a fait miroiter la perspective de capturer l'infâme Fantômette, et il se réjouit à l'idée de l'écraser sous ses gros poings.

Ficelle est ravie. Elle médite et remédite sans cesse son plan génial qui doit lui permettre de faire échouer l'abominable machination du Furet.

Boulotte est aux anges. Elle déguste une barre de chocolat fourré aux noisettes pralinées.

Françoise est heureuse. On ne sait pas exactement pourquoi, mais elle sifflote un petit air gai, ce qui est bon signe.

En somme, tout le monde nage dans le bonheur. Mais ce soir, les choses vont peut-être changer.

19 h 45.

Le brouillard de la soirée envahit Versailles, son château et ses parcs. Une voiture, dont seuls les phares sont allumés, roule lentement au nord du Hameau en longeant l'allée cavalière. Elle se range en bordure de l'allée, éteint complètement ses feux.

Le gros Bulldozer pose sa tête sur ses bras croisés, s'appuie sur le volant, ferme les yeux et grogne :

— Tu me réveilleras quand elle sera là.

— D'accord ! dit Alpaga en agitant ses manchettes de dentelle.

L'élégant prince ouvre la boîte à gants, y prend une petite glace et vérifie le bon aspect de sa perruque à la lueur d'une veilleuse. À l'instant où il remet la glace dans sa boîte, une série de coups secs se fait entendre, d'abord faiblement puis, de plus en plus fort. Cela fait clop-clop, clop-clop, clop-clop...

Alpaga tourne la tête vers l'allée.

— Le pas d'un cheval ! Ne t'endors pas, Bulldozer. C'est elle !

Doucement, les deux hommes ouvrent les portières, se glissent hors de la voiture et vont se poster derrière les arbres, sur le passage du cheval.

Après quelques secondes, le cheval parvient à la hauteur des deux bandits qui bondissent vers lui. Alpaga saisit la bride, pendant que Bulldozer désarçonne la cavalière en la tirant par la jambe. Elle pousse un cri, tombe sur l'herbe. La lueur du réverbère permet de distinguer un costume de page, un bonnet rouge orné d'une plume noire...

En un tournemain, Bulldozer enveloppe la tête de sa victime dans une serviette et lui attache solidement pieds et poings. Puis il porte cette espèce de paquet dans la voiture. Alpaga ricane :

— Bravo, Bull ! Beau travail ! Le chef sera content de revoir sa petite Fantômette.

Le gros bandit approuve d'un signe de tête.

— Ouais ! Et moi, je serai content d'aplatir le museau de cette gamine... Depuis le temps qu'elle nous embête !

— Ne l'abîme pas avant que le Furet ne l'ait vue. Rendez-vous tout à l'heure au magasin.

— Ouais !

Le gros Bulldozer se remet au volant, allume les phares et reprend la direction de la ville. Alpaga vérifie une dernière fois l'ajustement de ses manchettes, s'assure qu'il a bien dans une poche de son habit le document signé « Louis » (et rédigé en réalité par un faussaire surnommé Le Scribouillard), met le pied à l'étrier, enfourche sa monture et part au petit trot.

Au même instant, quelques centaines de mètres plus loin, la fourgonnette stoppe. Le Furet met en marche le Tempotron et dit à Detaille :

— Si vous voulez bien descendre, monsieur le marquis ?

L'industriel porte toujours son habit de gentilhomme. Il s'incline et répond :

— Je vous en rends mille grâces, mon cher De Refluet.

Il met pied à terre, fait quelques pas sous les arbres en s'appuyant sur une canne immense ornée d'un ruban. Il se tourne vers le Furet, demande :

— Espérerons-nous céans ?

— Vous voulez dire : attendrons-nous ici ?

— Si fait. C'est ainsi que je l'entends.

— Eh bien, oui. M. de la Tramontane doit passer sur cette allée dans quelques minutes. Cette fois-ci, il ne se fera pas remplacer par un page.

— Fort bien ! Il serait donc opportun de mettre à terre cette bourse. Vous m'obligeriez fort en l'allant quérir.

— Mais comment donc, mon cher marquis !

Le Furet ouvre la portière arrière de la fourgonnette, saisit un sac aussi pesant que rebondi, et le dépose sur le sol. À cet instant, un trot vient troubler le calme de la nuit. L'industriel pousse un soupir.

— Ah ! n'est-ce point là le chambellan de Sa Majesté ?

— Oui, sûrement.

— J'en suis bien aise...

Le cheval se rapproche, s'arrête. Le cavalier se découvre, salue d'un geste élégant.

— Monsieur le marquis de Parcy-Parla ?

— Lui-même, pour vous servir, dit Pierre Detaille en s'inclinant très bas.

— Je suis ravi de vous voir, monsieur le marquis. Ceci est pour vous, de la part du Roi !

Alpaga tend un rouleau de papier analogue à celui qui avait été remis par le page. Le marquis le prend avec empressement et remet en échange le lourd sac de louis d'or. Alpaga salue de nouveau, sous l'œil approbateur du Furet qui observe la scène avec un léger sourire de satisfaction. Le pas du cheval s'éloigne, s'efface.

— Eh bien, demande le Furet, puis-je vous appeler monsieur le ministre ?

— Je vous en donne volontiers licence, mon cher De Refluet. Voici un parchemin en bonne et due forme, signé de la main du Roi, par lequel je suis élevé au rang de ministre d'État.

— Permettez-moi de vous en féliciter, monsieur le marquis-ministre !

— J'ai grande hâte d'être en mon château pour faire encadrer ce précieux document !

— Je vous reconduis tout de suite à votre auto...

— Une affreuse machine que je vais bientôt remplacer par un carrosse.

Tous deux remontent dans la fourgonnette. Dix minutes plus tard, le nouveau ministre roule allégrement vers son château, pendant que le Furet gare la camionnette dans la cour, à côté du cheval d'Alpaga. Le bandit allume une cigarette, entre dans la remise en murmurant d'un ton sinistre :

— Et maintenant, Fantômette, je vais m'occuper de toi !

Les trois malfaiteurs sont réunis dans l'arrière-boutique. Le Furet a posé sur la table son épée et sa perruque, mais le prince d'Alpaga conserve son costume de chambellan dans lequel il se sent merveilleusement à l'aise. Il se contemple avec complaisance dans un miroir en tournant sur lui-même et en prenant des poses.

Bulldozer a fait sauter le bouchon d'une bouteille de champagne pour fêter la réussite de l'entreprise. Réussite totale. Le Furet s'est emparé de sa plus terrible ennemie, et il a encaissé trois mille louis d'or. Il boit une gorgée de champagne et rit doucement.

— Ha, ha ! Pour une fois, personne ne pourra nous accuser d'avoir fait une victime... Detaille est ravi que je l'aie escroqué !

— N'êtes-vous pas aussi content de moi, chef ? demande Alpaga. Et n'ai-je pas bien joué ma scène ?

— Oui, c'était parfait. Tu devrais faire de la télévision, maintenant. Les rôles historiques t'iraient très bien... Mais occupons-nous un peu de notre jeune amie !

Le Furet s'approche de la chaise où est assis le jeune page, toujours attaché et la tête recouverte de la serviette.

— Alors, Fantômette, on ne crâne pas, hein ? Finies, les aventures ! Tu ne nous mettras plus de bâtons dans les roues. Ce n'est pas trop tôt, d'ailleurs... Depuis le temps que tu nous fais rater nos affaires... Mais c'est terminé, ma belle... À moi la victoire, à toi la défaite !

Il allume un cigare, souffle par le nez un gros nuage de fumée et ricane :

— Vrai ! Cette fois-ci, tu as été en dessous de tout ! Si tu t'imagines, fillette, que je n'avais pas repéré ton petit manège, au château ? Tu croyais être bien cachée derrière ta plante verte ? Peuh ! Pas très maligne, ma petite... Il m'a suffi d'annoncer à haute voix le rendez-vous de ce soir, et toc ! Tu es tombée bêtement dans le panneau !

— Je l'ai cueillie comme une fleur ! ajoute Alpaga.

— Oui, d'habitude elle se débrouille mieux... Pas vrai, Fantômette de mon cœur ?

Le page serait bien en peine de répondre, la serviette lui fermant la bouche. Il ne peut que geindre en se tortillant. Le Furet ordonne à Bulldozer :

— Ôte-lui son chiffon ! Je veux voir quelle tête elle fait là-dessous.

Le gros bandit dénoue la serviette et l'enlève d'un coup brusque. Le Furet pousse un cri. Le page a un visage allongé, des yeux bleus agrandis par la peur, et des cheveux blond filasse.

— Tonnerre ! Mais ce n'est pas Fantômette ! C'est l'espèce de grande saucisse... non, de grande ficelle...

Les bandits contemplent leur infortunée prisonnière avec autant de surprise que de perplexité. Le Furet piétine rageusement son cigare et crie :

— Mais enfin, qu'est-ce que tu fais là, toi ? Pourquoi t'es-tu déguisée en page ?

Ficelle pleurniche, ravale ses larmes, bredouille :

— Heu !... ça faisait... heu !... partie de mon plan, m'sieur.

— Ton plan ?

— Oui... heu !... pour vous empêcher de prendre les trois mille louis...

— Ah ! la petite canaille ! Alors ?

— Heu !... alors, j'ai pensé que... qu'en m'habillant en page... et en disant que je venais de la part de Louis XIV, c'est à moi que vous... heu !... remettriez l'or...

Le Furet réfléchit une seconde, puis hausse les épaules.

— Ton idée a déjà été employée par Fantômette. C'est comme ça qu'elle m'a piqué mille louis.

Ficelle pousse un cri.

— Ah ! Fantômette a déjà eu cette idée ?

— Oui. Mais elle a réussi, elle ! Tandis que toi, grande nouille, tu ne m'as pas empêché de mettre la main sur les louis d'or.

Et le Furet désigne du menton le sac posé sur la table. Bulldozer fait un pas en avant.

— Alors, chef ? Qu'est-ce qu'on en fait, de celle-là ? Je l'écrabouille ou je l'aplatis ?

— Bah ! elle ne m'intéresse pas... C'est Fantômette que j'aurais voulu avoir.

— Je peux tout de même la corriger un peu, pour lui apprendre à s'occuper de nos affaires ?

— Oui, tu as raison. Une petite leçon lui fera du bien.

Le gros Bulldozer retrousse ses manches avec un grognement bestial, s'avance vers la pauvre Ficelle et lève son énorme poing. Une voix flûtée s'élève alors.

— Une minute, messieurs ! Ne commencez pas sans moi...

Fantômette vient d'entrer par la fenêtre.

chapitre 13

Le duel

Bulldozer reste le poing en l'air. Alpaga, pétrifié, ressemble à un mannequin de vitrine. Le Furet laisse tomber son cigare en s'exclamant :

— Fantômette !

— Eh oui, dit joyeusement l'aventurière, elle-même et en personne. Avec son justaucorps de soie jaune, sa cape rouge à agrafe d'or, et son bonnet à pompon. En somme, Fantômette au complet, en pleine forme et de bonne humeur, comme d'habitude... Mais je vous ai interrompus... Je vous dois mille et une excuses !

Dans les yeux de Ficelle, la terreur a cédé la place à l'espoir. Du moment que Fantômette est là, tout va s'arranger. En revanche, l'inquiétude se lit maintenant sur le visage du Furet. Si Fantômette est là, c'est mauvais signe. Néanmoins, il garde son calme. Trois hommes contre une gamine... la partie est inégale. Il allume un cigare une fois de plus et ordonne tranquillement :

— Bulldozer, attrape Fantômette et ficelle-la sur une autre chaise.

— D'accord, chef !

Il n'a même pas le temps d'esquisser un geste. Fantômette a bondi vers la table, sorti l'épée du fourreau et l'a pointée vers lui. Elle lance ironiquement :

— Un seul pas et je t'embroche, gros sac !

Voyant que Bulldozer, pétrifié par la peur, est devenu parfaitement inoffensif, Fantômette recule vers Ficelle, tranche ses liens et dit :

— File vite ! Je m'occupe de ces messieurs !

La grande Ficelle ne se le fait pas dire deux fois. Elle se lève, s'enfuit à travers la boutique, sort par la porte qui donne sur la rue.

Alors, le Furet réagit. En un éclair, il s'empare de l'épée d'Alpaga, se retourne vers Fantômette et se met en garde. La justicière sourit :

— Tiens ! Vous avez donc fait de l'escrime, cher ami ?

— Oui, ma petite. Je sais me servir d'une épée aussi bien que d'un arc[1]. Tu vas t'en rendre compte tout de suite. Je vais te transformer en passoire !

Il se jette sur son frêle adversaire en pensant le transpercer, mais Fantômette croise le fer. Le Furet tente un coup droit qui est aussitôt paré. Puis il porte botte sur botte. Mais la jeune duelliste riposte immédiatement. Chaque coup est aussitôt contré. Le Furet s'énerve, se baisse, se redresse, se fend, rompt d'un pas... et pousse un cri ! L'épée de Fantômette a déchiré son pourpoint en lui entaillant l'épaule.

— Vous êtes blessé, chef ? demande Alpaga.

— Ce n'est rien, rien du tout. Je vais découper cette petite peste en rondelles !

Mais il ne découpe rien du tout. Fantômette est passée systématiquement à l'attaque, et il

---

1. Voir *Fantômettte au carnaval*.

est contraint de reculer jusqu'à un angle de la pièce, haletant et transpirant.

Après une attaque au pied et une feinte, Fantômette lie l'épée du bandit au niveau de la garde et, d'un coup sec, l'envoie voltiger à travers la pièce. Puis elle appuie la pointe de son arme sur le cou du Furet et demande d'un ton narquois :

— Alors, très cher, vous parliez d'une passoire ?

Affolé, le bandit balbutie :

— Grâce ! Ne me tuez pas !... Je... Je disais ça pour plaisanter...

— Vous avez des plaisanteries délicieuses. Mais parlons sérieusement.

— C'est ça, parlons ! dit le Furet avec empressement. Il n'ose ajouter : « Tant que nous parlerons, je resterai en vie. »

Tout en gardant l'épée pointée, Fantômette ordonne :

— Vous allez laisser Pierre Detaille tranquille. Vous lui avez assez pris d'argent comme ça. Ne mettez plus les pieds au château de Parcy-Parla. Compris ?

— Oui... oui, compris.

— Et cessez de fabriquer de faux meubles anciens.

— Hein ? Vous savez ?

— Oui. Il y a ici une perceuse qui sert à imiter les trous faits dans le bois par les vers. Ne vous en servez plus.

— Bon... bon, on ne s'en servira plus.

— Tâchez de gagner honnêtement votre vie comme antiquaire. Au fait, comment se fait-il que vous ne soyez plus en prison ?

— On nous a libérés pour bonne conduite.

— Alors, continuez à vous bien conduire. J'espère que nous ne nous reverrons plus. Adieu, messieurs !

Fantômette jette l'épée sur la table, passe par la fenêtre et disparaît dans l'obscurité de la cour. Le Furet se ressaisit aussitôt. Il ouvre le tiroir d'une commode, prend un revolver et sort de la remise en criant :

— Venez vite ! on va la coincer dans la rue !

Il traverse la boutique, ouvre la porte de la rue. C'est alors qu'il entend le galop d'un cheval s'enfuyant à toute allure, accompagné d'un lointain éclat de rire.

— Mon cheval ! Elle a pris mon cheval ! gémit Alpaga.

Le Furet fait un geste d'insouciance et rempoche son revolver.

— Bah ! Après tout, peu importe. Nous avons les louis d'or, et c'est ce qui compte. Rentrons.

Ils reviennent dans la remise, boivent une goutte de champagne pour se remettre de leurs émotions, et contemplent le gros sac dont la vue les console de la fuite de Fantômette. Le Furet a un petit rire.

— Dans le fond, elle a raison, cette petite. Avec cette fortune, nous pourrons vivre honnêtement et cesser de truquer nos meubles.

Il allume le dixième cigare de la journée, fait un signe de tête à Bulldozer.

— Allez, mon gros, ouvre ça qu'on fasse le partage.

Bulldozer dénoue la ficelle qui lie le sac, le soulève et le renverse.

Une pluie de cailloux tombe sur la table. Surprise, stupéfaction, rage, jurons ! C'est une véritable tempête qui se déchaîne chez les trois bandits. Le Furet piétine, Bulldozer jette les cailloux à terre. Alpaga s'arrache les dentelles.

— Ah ! l'affreuse ! Ah ! la peste ! braille le Furet, que je la retrouve !

Il sort son mouchoir, s'éponge le front, balbutie :

— Mais comment ?... Comment a-t-elle fait ?... C'est incroyable !... Je n'y comprends rien !...

Alpaga intervient :

— Attendez, chef ! Êtes-vous bien sûr que Detaille ait mis de l'or dans le sac ? Il l'a peut-être rempli de cailloux ?

— Pas du tout ! Quand il a apporté le sac, il m'a fait voir les louis. Je suis sûr qu'ils y étaient.

— Vraiment ?

— Mais oui ! Je te dis que je les ai vus. Ensuite, il a mis le sac dans la fourgonnette, et nous sommes partis aussitôt...

Le Furet se tait, réfléchit. Puis il observe le prince d'Alpaga d'un air soupçonneux, et prononce à mi-voix :

— Après tout, c'est peut-être toi qui as remplacé les pièces par des cailloux ?

— Moi ? Ah ! vous n'allez pas croire que je suis capable de...

— Pourquoi pas ? Quand tu étais à cheval, entre le moment où Detaille t'a remis le sac, et l'instant où nous nous sommes retrouvés ici, tu as eu dix fois le temps d'opérer la substitution... C'est toi, hein ? Avoue-le !

Le Furet a empoigné Alpaga par son jabot

de dentelle et le secoue comme un pommier. Bulldozer essaie de les séparer.

— Chef ! Calmez-vous ! Alpaga est honnête, voyons ! Depuis dix ans que nous le connaissons, il ne nous a jamais volé un centime !

— Bulldozer a raison ! gémit Alpaga, je suis un voleur honnête, moi !

Le Furet le lâche.

— Admettons. Mais alors, explique-moi comment l'or s'est changé en cailloux.

— Hé ! est-ce que je sais, moi ! C'est encore un coup de Fantômette... Elle a toujours des inventions, celle-là !

Le Furet se met à marcher de long en large, mains au dos et tête baissée. Il murmure :

— Voyons... Essayons de faire le point... Le sac a été mis dans la fourgonnette. On l'a emmené jusqu'au bois... Detaille l'a sorti et l'a remis à Alpaga... À quel moment aurait-on pu retirer l'or ?... Je n'ai pas quitté le sac des yeux... Ah ! si ! Quand j'étais assis à l'avant de la fourgonnette, le sac était à l'arrière, près du Tempotron...

Il s'arrête, pousse une exclamation.

— Le Tempotron !

Il décroche une lampe électrique, ouvre la

porte de la remise, se rue dans la cour, grimpe dans la fourgonnette, éclaire l'intérieur. La machine est là, grosse boîte de métal. Bien trop grosse pour ce qu'elle contient, puisqu'elle renferme simplement une pile qui actionne le ronfleur et allume les lampes. Le Furet se baisse, éclaire la base de l'appareil. Cinq ou six vis brillent sur le plancher. « C'est bien ce que je pensais. Elle a dévissé un panneau, s'est cachée à l'intérieur avec des cailloux, et pendant le trajet elle a transvasé ses cailloux à la place des pièces. »

Il tire sur le panneau qui se soulève sans difficulté, braque le faisceau à l'intérieur de la boîte. Un rectangle blanc apparaît. C'est une carte de visite portant un seul nom : *Fantômette*.

Épilogue

— Mais enfin où étais-tu passée hier soir ? s'écrie Ficelle. Écoute, Françoise, on ne sait jamais où tu vas ! Je t'avais donné rendez-vous au point P.

— Au point P ?

— Oui, au bout de l'allée cavalière. Et bien entendu, tu n'étais pas là ! Le gros Bulldozer m'a fait tomber de cheval et m'a ficelée. Il m'a mis un torchon sur la figure... J'ai cru que j'allais étouffer... Ensuite il a voulu m'écrabouiller, mais heureusement que Fantômette est venue me délivrer ! Parce que s'il fallait compter sur toi ! Oh ! là ! là !

Françoise baisse la tête avec un air contrit. Elle dit doucement :

— Que veux-tu... tout le monde n'est pas Fantômette.

— En effet ! Et sûrement pas toi, parce qu'elle est un peu plus dégourdie ! Tu ferais bien de relire de temps en temps ses aventures, pour tâcher de l'imiter un peu mieux !

Ficelle fait les cent pas dans le jardin, tape du pied, hausse les épaules, lève les yeux au ciel pour le prendre à témoin de la nullité de Françoise. Elle ajoute :

— De plus, tu as fait échouer mon plan génial ! Oui, par ta faute, le Furet a encore volé trois mille louis à M. Detaille. Comme il lui en avait déjà pris mille, ça fait au total... heu !... ça fait beaucoup !

— Aucune importance, ma chère Ficelle, puisqu'il est heureux avec ses titres : marquis et ministre.

— Oui, bien sûr. N'empêche que tu es une belle empotée. N'est-ce pas, Boulotte ?

Assise sur un petit banc, la belle gourmande se garde bien de prendre part au débat. Elle se contente de croquer des gaufrettes à la vanille sans dire mot. Ficelle revient à la charge :

— Ça m'exaspère de penser à toutes ces pièces d'or que le Furet a prises. Que va-t-il en faire ? Il va sûrement les gaspiller pour acheter des âneries ! Tandis que si j'avais cet argent, j'achèterais des choses belles et utiles...

— Ah ? Lesquelles ? demande Françoise.

Ficelle exhibe une longue feuille de papier rectangulaire.

— J'ai fait une liste de tout ce qu'il me faudrait. Je veux un bouledogue en faïence, un chapeau chinois, une tabatière, une photo de la gare du Nord, un drapeau du Sénégal, un fer à cheval, un porte-pipe en étain, un manuel de constructions navales et un petit pot en émail pour boire du maté brésilien.

Un silence. Ficelle songe à toutes ces belles choses. Puis elle demande à Boulotte :

— Et toi, que ferais-tu si tu avais les pièces d'or ?

— Moi ? J'irais tous les jours dans un grand restaurant et je me ferais servir de la gratinée des Causses, de la garbure ariégeoise, de la franc-comtoise au vermicelle, de la ballottine d'agneau, des...

— Bon, bon, on a compris. Et toi, Françoise, que ferais-tu de tout cet argent ?

Françoise réfléchit une seconde en tortillant une de ses mèches brunes, puis elle répond :

— Je demanderais à Pierre Detaille de l'envoyer à l'orphelinat de Versailles.

— Tu crois qu'il consentirait ? demande Ficelle.

— Je le crois, oui.

— Il serait surpris de voir revenir tout cet or... Et puis, de toute manière, comme c'est le Furet qui a les pièces, M. Detaille ne pourra pas les donner à l'orphelinat !

Ficelle se trompe.

Le 5 novembre, un paquet est déposé au château de Parcy-Parla. Il contient 4 000 pièces d'or, accompagnées d'une lettre adressée au marquis. Elle est ainsi rédigée :

Nous, Louis, Roy de France,
Vu l'état brillant de nos finances,
vu notre esprit de générosité, avons le plaisir de restituer au marquis de Parcy-Parla les présents louis, à charge pour lui de les faire parvenir à l'orphelinat de notre ville de Versailles.

Signé : LOUIS.

Très flatté de cette marque de confiance que lui accorde le souverain, l'industriel s'empresse d'obéir. C'est pourquoi dès le lendemain, le directeur de l'orphelinat reçoit un colis de pièces d'or « de la part de Louis XIV ». Croyant avoir affaire à un fou, il fait une enquête pour trouver la provenance exacte de l'or, mais sans aucun résultat.

Peut-être nos lecteurs auront-ils une idée plus précise sur l'origine de cette fortune...

Quelle nouvelle énigme
Fantômette
devra-t-elle élucider?

*Pour le savoir,
tourne vite la page !*

Fantômette
va devoir mener l'enquête...

Dans le 12ᵉ volume de la série

Fantômette contre Fantômette

Fantômette a des ennuis ! De mystérieux cambriolages ont lieu aux galeries Farfouillette, qui portent tous sa signature... La police est sur les dents et tout Framboisy s'interroge : Fantômette serait-elle une voleuse ? Difficile à croire... Pourtant, les preuves sont formelles, la voici bel et bien ennemi public n° 1 ! La justicière parviendra-t-elle à se faire justice elle-même ?

Déjà en librairie !

Les exploits de Fantômette

Fantômette et le trésor du pharaon

Fantômette et l'île de la sorcière

Fantômette et son prince

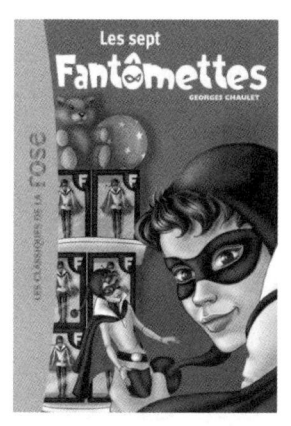

Les sept Fantômettes

*Fantômette
et la maison hantée*

Fantômette contre le géant

*Hors-série
Les secrets de Fantômette*

*Connecte-toi vite sur le site de tes héros préférés :
www.bibliotheque-rose.com*
• *Tout sur ta série préférée*
• *De super concours tous les mois*

Table

1 – Ficelle et le Grand Siècle 7
2 – Le magasin d'antiquités 19
3 – Les livreurs de meubles 29
4 – Une habile surveillance 43
5 – Ficelle cherche un vase 55
6 – Le voyage fabuleux 65
7 – Seconde démonstration 75
8 – L'ampoule 83
9 – Le page 91
10 – Ficelle duchesse 103
11 – Une soirée à Parcy-Parla 111
12 – Le triomphe du Furet 127
13 – Le duel 139
Épilogue 149

Composition Jouve – 45770 Saran
N° 875069F

« Pour l'éditeur, le principe est d'utiliser des papiers composés de fibres naturelles, renouvelables, recyclables et fabriquées à partir de bois issus de forêts qui adoptent un système d'aménagement durable. En outre, l'éditeur attend de ses fournisseurs de papier qu'ils s'inscrivent dans une démarche de certification environnementale reconnue. »

Imprimé en Roumanie par G. Canale et C. S.A.
Dépôt légal : juillet 2007
Achevé d'imprimer : avril 2012
20.20.1449.6/03 – ISBN 978-2-01-201449-7

Loi n° 49-956 du 16 juillet 1949
sur les publications destinées à la jeunesse

Table

1 – Ficelle et le Grand Siècle 7
2 – Le magasin d'antiquités 19
3 – Les livreurs de meubles 29
4 – Une habile surveillance 43
5 – Ficelle cherche un vase 55
6 – Le voyage fabuleux 65
7 – Seconde démonstration 75
8 – L'ampoule 83
9 – Le page 91
10 – Ficelle duchesse 103
11 – Une soirée à Parcy-Parla 111
12 – Le triomphe du Furet 127
13 – Le duel 139
Épilogue 149

Composition Jouve – 45770 Saran
N° 875069F

« Pour l'éditeur, le principe est d'utiliser des papiers composés de fibres naturelles, renouvelables, recyclables et fabriquées à partir de bois issus de forêts qui adoptent un système d'aménagement durable. En outre, l'éditeur attend de ses fournisseurs de papier qu'ils s'inscrivent dans une démarche de certification environnementale reconnue. »

Imprimé en Roumanie par G. Canale et C. S.A.
Dépôt légal : juillet 2007
Achevé d'imprimer : avril 2012
20.20.1449.6/03 – ISBN 978-2-01-201449-7

Loi n° 49-956 du 16 juillet 1949
sur les publications destinées à la jeunesse